谨以此书献给驾驶飞机在东非保护区巡逻时被偷猎者杀害的罗杰·高尔，以及罗杰·高尔基金和象牙信托基金两家野生动物保护慈善机构。

作者的话

这本书的灵感来自我的祖父，威廉·爱德华·哈维·格里尔斯准将，他获得过大英帝国勋章，隶属于第十五／十九国王皇家轻骑兵队。第二次世界大战结束之际，温斯顿·丘吉尔命令组建了标靶特别行动组，我的祖父便是这个迄今为止最神秘的行动组的指挥官。该行动组的任务是保护秘密技术、秘密武器和科学家，追查纳粹高官，为西方国家服务，打击新的敌人。

直到他死后，一些机密文件在满足了《官方保密法》"七十年解禁原则"后得以公开，我们一家才知道他作为标靶特别行动组指挥官的这一秘密身份。本书的创作正是基于这一发现。

我的祖父是个沉默寡言的人，但我从懂事起就记得他非常慈祥，我记得他爱抽烟斗，总是一副神秘莫测的样子，喜欢讲冷笑话，深受他下属的爱戴。

不过对我来说，他始终是我的泰德爷爷。

荒野求生

绝地特种兵

[英] 贝尔·格里尔斯 著 杨琼琼 曹幼南 译

突袭瘟疫岛

BEAR GRYLLS

湖南文艺出版社
HUNAN LITERATURE AND ART PUBLISHING HOUSE

小博集
BOOKY KIDS

著作权合同登记号：图字 18-2023-146

图书在版编目（CIP）数据

　突袭瘟疫岛 /（英）贝尔·格里尔斯著；杨琼琼，曹幼南译 . -- 长沙：湖南文艺出版社，2024.4
　（荒野求生·绝地特种兵）
　ISBN 978-7-5726-1552-8

　Ⅰ . ①突… Ⅱ . ①贝… ②杨… ③曹… Ⅲ . ①儿童小说—长篇小说—英国—现代 Ⅳ . ① I561.84

　中国国家版本馆 CIP 数据核字（2024）第 013344 号

上架建议：儿童文学

HUANGYE QIUSHENG · JUEDI TEZHONGBING · TUXI WENYI DAO
荒野求生·绝地特种兵·突袭瘟疫岛

著　　者：[英]贝尔·格里尔斯
译　　者：杨琼琼　曹幼南
出 版 人：陈新文
责任编辑：匡杨乐
监　　制：李　炜　张苗苗
策划编辑：马　瑄
特约编辑：张晓璐　杜大梦
营销支持：付　佳　杨　朔　付聪颖
版权支持：刘子一　王媛媛
封面绘图：孟博林
版式设计：马睿君
封面设计：霍雨佳
内文排版：金锋工作室
出　　版：湖南文艺出版社
　　　　　（长沙市雨花区东二环一段 508 号　邮编：410014）
网　　址：www.hnwy.net
印　　刷：三河市中晟雅豪印务有限公司
经　　销：新华书店
开　　本：875 mm×1230 mm　1/32
字　　数：159 千字
印　　张：10
版　　次：2024 年 4 月第 1 版
印　　次：2024 年 4 月第 1 次印刷
书　　号：ISBN 978-7-5726-1552-8
定　　价：32.00 元

若有质量问题，请致电质量监督电话：010-59096394
团购电话：010-59320018

目 录

第 一 章

柯尼希的愤怒

耶格又给纳洛芙斟了酒，但这么做没多大意义，因为她的酒几乎碰都没碰。耶格纯粹只是做做样子。

纳洛芙皱起了眉头。"酒……我不喜欢这种味道。"

耶格叹了口气，说道："今晚你得放松一点，总得装得像个新婚妻子吧。"

他选了一瓶冰镇的索米尔葡萄酒，一种法国干型起泡葡萄酒，比香槟酒低调一些。他想着点瓶酒来庆祝他们的"新婚"，但不能太过招摇，于是点了索米尔葡萄酒。索米尔葡萄酒宝石蓝的标签上烫印着白色和金色字体，看上去朴实低调，正好合适。

他们已经入住美丽的卡塔维旅馆三十六个小时。该旅馆坐落在姆比济山脉山麓的碗状斜坡上，由一排刷成白色的非洲狩猎小屋组成，每间小屋的外墙上都装饰着柔和的弧线，旨在平衡墙壁单板的线条。每间客房都是传统风格的挑高天花板，上面安装了吊扇，可以让房间内保持相对凉爽。

卡塔维旅馆的游廊餐厅里也安装了类似的吊扇，在宾客的头顶优哉地转着，带来徐徐微风。餐厅的选址也费了很多心思，刚好俯瞰一个水池，是观察动物的绝佳位置。今晚，水池里的场景可真热闹，河马的鼻息声和大象的吼叫声时不时打断宾客的谈话。

耶格和纳洛芙在旅馆里待得越久，就越发意识到，再去隐藏那架战机的地方难度很大。在卡塔维旅馆，一切都有人安排——做饭、洗衣、打扫卫生、铺床、开车，还有每天的游览行程。这里的人确实懂得如何经营野生动物保护区，但留给客人自由活动的时间很少，要擅自返回那个洞穴几乎不可能。

耶格的内心深处，一个隐隐的担忧折磨着他：露丝和卢克也藏在山腹的某个洞穴里吗？他们是不是被关在实验室里，像老鼠一样等待终极致命病毒实验呢？

虽然耶格知道，他和纳洛芙必须装得高高兴兴，让别人相信他们是新婚夫妻，但实际上他的内心极为挫败。他们必须行动起来，才能有结果。但柯尼希仍在怀疑他们，若他们冒险行事，可能会进一步加深他的怀疑。

他喝了一口索米尔葡萄酒。酒在旁边的冰桶里冰着，温度恰好，口感不错。

"所以，你觉得这一切很怪异吗？"他压低声音问，以免被别人听到。

"什么事怪异？"

"格罗夫斯先生和太太啊！度蜜月这事。"

纳洛芙茫然地看了他一眼。"我为什么要觉得怪异？我们假扮夫妻，有什么怪的？"

要么纳洛芙在否认，要么她觉得这一切自然而然。真奇怪，耶格花了几个月的时间试图弄懂这个女人，想要真正了解她，可始终还差得远。

纳洛芙在法尔肯哈根防御工事变换了外貌——换了一头乌黑的秀发——看起来有点像爱尔兰凯尔特美女。

耶格突然发现，自己在她身上看到了妻子露丝的影子。

这个发现让他惴惴不安。

他怎么会有这样的想法呢？

肯定是喝了酒的缘故。

一个说话声打断了他的思绪。"格罗夫斯先生和夫人，你们还适应吗？这顿晚餐吃得还好吗？"

说话者是柯尼希，这个保护区的负责人，他正在这里进行日常巡视，检查一切是否正常。他的语气仍不是很热情，但至少没有因为擅闯山洞而逮捕他们。

"非常好，"耶格回答，"一切无可挑剔。"

柯尼希指了指窗外的景色。"令人惊叹，不是吗？"

"是，太棒了。"耶格举起索米尔酒瓶，"想和我们一起喝一杯庆祝酒吗？"

"谢谢，不用了。你们是新婚夫妇，我就不打扰了。"

"请坐吧，这是我们的荣幸，"纳洛芙说，"你一定很了解保护区。这里令我们着迷、陶醉。是吧，小花？"

最后这句话她是对一只趴在椅子下面的小猫说的。旅馆里有几只猫。和往常一样，纳洛芙收留了最不招人喜欢的那只，它总是被其他宾客从餐桌旁赶走。

小花是一只长着黑色斑点的混种白猫，骨瘦如柴，不知什么时候少了一条后腿。纳洛芙把盘子里的半条烤尼罗河鲈鱼——一种当地的鱼——都喂给了它，这只小猫满足又惬意。

"哎呀，我看您和帕卡已经成为朋友了，"柯尼希说。他的语气缓和了一些。

"帕卡？"纳洛芙问。

"斯瓦希里语中'猫'的意思。"他耸了耸肩，"没什么特别的意思，这只猫是工作人员在附近的一个村庄发现的，它被一辆车碾过，奄奄一息。我收养了它，没人知道它叫什么，所以我就叫它帕卡。"

"帕卡。"纳洛芙寻味着这个词。她把剩下的鱼递了过去，说："喂，帕卡，小点声嚼，还有客人在用餐呢。"

猫伸出一只爪子，拍下那块肉，扑了上去。

柯尼希微微一笑。"格罗夫斯夫人，我想您是一位动物爱好者吧？"

"动物，"纳洛芙说，"比人类更单纯、更诚实。它们要么想吃了你，要么想要你宠爱或喂养它们，要么想要你的忠诚和关爱。对此，它们也会百倍地回报你。而且它们从来不会因为心血来潮，为了他人弃你而去。"

柯尼希轻声笑了，说道："格罗夫斯先生，恐怕您要小心了。看来我要陪您喝一杯，但就一杯，我明天还要早起呢。"

他示意侍者给他一个酒杯。纳洛芙对卡塔维旅馆这只最不招人喜欢的猫的宠爱，似乎改变了他的态度。

耶格为他倒了一杯索米尔葡萄酒。"顺便说一句，这里的服务很好，食物也很美味，你应该表扬一下厨师。"他顿了顿，"但是，保护区经营得怎么样？我的意思是，还成功吗？"

"某些方面，可以说很成功，"柯尼希回答，"旅馆赚了很多钱。但我首先是一个野生动物保护者，对我来说，最重要的是保护动物，而这方面……老实说，这方面做得很失败。"

"怎么会失败呢？"纳洛芙问。

"你们在度蜜月，不适合聊这个。说起来会影响心情，尤其会让您难过，格罗夫斯夫人。"

纳洛芙冲耶格点头。"我嫁的这个男人，只是为了好玩，便带我去了烈焰天使峰火山口。我想我承受能力没问题。"

柯尼希耸了耸肩。"那好吧。但我需要提醒你们，这是一场黑暗而血腥的战争。"

"很少有游客像你们一样开车来这里，"柯尼希开始讲述，"大多数游客在非洲的行程很紧凑，他们先飞到乞力马扎罗国际机场，再转乘轻型飞机赶到此地。"

"他们到这里后，迫不及待地想看完这些大型野生动物，也就是'非洲七霸'：狮子、猎豹、犀牛、大象、长颈鹿、非洲野牛和河马。之后，多数人会飞往阿曼尼海滩。这是印度洋上一个神奇的度假胜地。阿曼尼在斯瓦希里语中的意思是'和平'，相信我，那是一个非常僻静、远离喧嚣的理想之地。"

柯尼希的脸沉了沉，继续说道："但我的生活方式很不一样。我大部分时间都在确保有足够数量的'非洲七霸'活下来，以满足游客们的需求。我是一名飞行员，负责反偷猎巡逻。巡逻这个词可能有点过了，因为在全副武装的偷猎者面前，我们似乎无能为力。"

他拿出一张破旧的地图。"我每天在不同的区域飞行，把这些地方用录像机拍摄下来，再与计算机的测绘系统相匹配。这样就能获取偷猎事件的实时影像地图，准确定位到偷猎者的位置。这是最先进的系统。说真的，多亏了我的老板卡姆勒先生的支持，我们才用得起这些设备。当地政府对我们的支持少得可怜。"

卡姆勒，他刚才说到了。耶格曾怀疑卡姆勒是幕后老板，现在被证实了，真是太好了。

柯尼希压低声音说："去年我们这儿还有三千二百头大象。听起来很多，对吗？但事实上去年一年我们就损失了大约七百头，每天大约有两头大象被杀。偷猎者用突击步枪射杀它们，用链锯割下象牙，留下尸体在烈日下暴晒、腐烂。"

纳洛芙一脸惊恐。"照这样下去，不到五年大象就一头不剩了。"

柯尼希沮丧地摇了摇头，说道："更糟糕的是，今年已经过去四个月了，我没有哪一天不看见大象被人屠杀……这四个月里，我们已经失去了近八百头大象。仅仅四个月。简直是一场大灾难。"

纳洛芙震惊得脸色发白。"这真是太过分了。我们在洞穴里见到了象群……我的意思是那里所有的大象，还有许多正在被屠杀……简直叫人难以置信。但是，为什么偷猎事件最近急速增加呢？要是不了解原因，就很难进行反击。"

"测绘系统的绝妙之处在于，它能让我们追根溯源，例如追溯偷猎事件的源头。我们已经把范围缩小到了一个村庄，还有一个人。一个黎巴嫩商人，他是个象牙贩子，正是他的到来导致了偷猎事件急速增加。"

"可以把这些报告给警察，"耶格建议，"或者野生动物保护部门，或其他任何负责这种事务的机构。"

柯尼希苦笑了一声。"格罗夫斯先生，这里是非洲。走私象牙能赚大笔的钱——上上下下所有人都有进账，有利可图，对这位黎巴嫩商人采取行动的概率几乎为零。"

"这位黎巴嫩商人在这里做什么？"耶格问。

柯尼希耸了耸肩。"他可疑的生意遍布整个非洲。估计这家伙想做象牙贸易界的巴勃罗·埃斯科瓦尔①。"

---

① 巴勃罗·埃斯科瓦尔（1949—1993），哥伦比亚大毒枭。——编者注（除特殊说明外，本书脚注均为编者注）

"那犀牛的情况呢？"犀牛是耶格一家最喜欢的动物，他对这种大型动物说得上情有独钟。

"犀牛的情况更糟。繁殖保护区内格杀勿论的政策主要是为了保护犀牛。虽然大象只有几千头，但尚可繁衍。而犀牛，为了让其繁殖，我们不得不空运成年雄性犀牛过来，以保证种群能存活下去。"

柯尼希伸手端起杯子，一饮而尽。他们谈论的话题显然使他感到烦心。耶格又主动给他斟了一杯。

"如果偷猎者全副武装，你一定是他们的主要目标吧？"他问。

柯尼希冷笑着说："就当您是在夸我。我飞得又低又快，几乎贴着树梢。等他们看到我，刚准备好武器，我就已经飞走了。有一两次，我的飞机上都留下了弹孔。"他耸了耸肩："不过损失不大。"

"所以你开着飞机，寻找偷猎者，然后呢？"耶格问。

"一旦发现偷猎行为，我们会用无线电通知地面人员，他们会驱车拦截偷猎团伙。我们的困难在于响应时间、人员素质、训练水平和队伍规模都还不够好，更不用说实力悬殊的武器装备了。简而言之，当我们赶到时，偷猎者连同象牙或犀牛角早就无影无踪了。"

"你一定很害怕吧？"纳洛芙试探着问，"他们威胁到了你和动物们的生命安全，你肯定既害怕又愤怒。"

她的声音里流露出真正的关心，眼睛里还闪烁着敬佩的光芒。耶格告诉自己不要大惊小怪。显然，纳洛芙和这位德国野生动物保护者惺惺相惜——他们都热爱动物。这拉近了他们之间的距离，他有一种被晾到了一边的怪异感觉。

"有时候的确如此，"柯尼希回答，"但更多的时候是愤怒而不是害怕。大屠杀让我义愤填膺，这股愤怒也不断鞭策着我。"

"换作是我，也会怒火中烧。"纳洛芙对柯尼希说，旁若无人地盯着他，"法尔克，我想亲眼看看，明天我们能和你一起去吗？陪着你巡逻？"

柯尼希愣了几秒才回答。"呃，恐怕不行。我从来没有带着客人飞过。您也知道，我飞得又低又快，就像坐过山车，甚至比坐过山车还恐怖。我想你们不会喜欢的。此外，还有被枪击的风险。"

"不考虑那些，你能带上我们吗？"纳洛芙没有罢休。

"不行，我不能随便什么人都带……而且为了保险起见，也不——"

"我们不是随便什么人，"纳洛芙打断他，"这点也许你在山洞里发现我们时就知道了。而且，兴许我们还能帮上忙，能帮你阻止屠杀。破例一次吧，法尔克，就这一次，为了你的那些动物。"

"她说得对，"耶格跟着说，"我们真的可以帮你对付威胁。"

"怎么帮我？"柯尼希问，显然很感兴趣，"你们怎么帮我阻止这种屠杀？"

耶格紧盯着纳洛芙。他脑海中正在形成一个计划，一个可能行得通的计划。

耶格看着这个大个子德国人。他身材魁梧，假如他当初选择的是一条不同的人生道路，很有可能会成为一名优秀的精英战士。他们初次相遇时，他并没有表现出丝毫的恐惧。

"法尔克，跟你说实话吧，我们两个都是退役军人，特种部队的。几个月前，我们从部队退役，然后结了婚。我们两个一直在寻找一份崇高的事业。"

"也许我们已经找到了，"纳洛芙接着说，"就在今天，在卡塔维和你一起的时候。如果我们能阻止偷猎行为，那远比一个月的蜜月旅行更有意义。"

柯尼希打量着纳洛芙和耶格，他还不能确定是否应该信任他们。

"你又能有什么损失呢？"纳洛芙劝道，"我保证我们一定能帮上你。你驾驶飞机时带上我们，让我们看一看这里的地形也好。"她看了一眼耶格："相信我，我和我丈夫处理过比偷猎更严重的问题。"

听了她的话，柯尼希不再反对。显然，他已经喜欢上了美丽迷人的纳洛芙。他确实想要通融一次，向他们炫耀一下自己在空中非凡的飞行本领，但是，让他下定决心的不是这个，而是想到他们也许能帮助自己更好地完成使命——保护好野生动物。

他站起身准备离开。"好吧，不过你们的身份只能是爱心人士，而不是卡塔维的客人。明白吗？"

"明白。"

他与他们握了握手。"这样做有点不正规，所以不要和别人说。我们明天早上七点整在机场会合。起飞后，我们再吃早餐，要是你们到时还有胃口的话。"

这时，耶格问出了最后一个问题，就像是才想起来似的。

"法尔克，我有点好奇，洞穴里的战机你进去过吗？见过飞机里面吗？"

柯尼希被问了个猝不及防，回答时有点含糊。"那架战机？见过里面？怎么会？说实话，我对它可没兴趣。"

然后他道了晚安，离开了。

"在他是否进过那架战机的问题上，他撒了谎。"等他走远，耶格对纳洛芙说。

"没错，"纳洛芙肯定地说，"当有人说'说实话'时，这人一定是在撒谎。"

耶格笑了。不愧是纳洛芙。"问题是，他为什么要撒谎？在所有其他问题上，他似乎都坦言相告，为什么偏要在这个问题上撒谎呢？"

"我觉得他是在害怕，害怕卡姆勒。根据我们的经验，他害怕也是理所当然的。"

"所以，我们要和他一起巡逻，"耶格若有所思地说，"但我们又怎么回到那个洞穴，爬上那架战机呢？"

"如果没机会上战机，我们最好还是问一下柯尼希。他熟悉这里的情况。他一定知道这里光鲜亮丽的外表下隐藏着邪恶，并清楚这里所有的秘密，但是他不敢说出来。我们需要把他争取到我们的阵营来。"

"怎么争取？"耶格问。

"动之以情，晓之以理。我们需要让他觉得安全，他才会张嘴。也就是说，要让他欠我们的人情，最后不得不开口。我们帮助他保护野生动物，就可以实现这点。"

他们漫步回到住的小屋，途中经过一棵巨大的杧果树。一群猴子在树枝上先是朝着他们吱吱地尖叫，然后朝着他们扔啃过的杧果核。

真是厚脸皮的讨厌鬼，耶格心想。

刚到这里时，他和纳洛芙就收到了一本小册子，上面写着与猴子打交道的礼仪。如果遇见猴子，你要避免和它眼神接触，否则它会认为你是在挑衅，会暴跳如雷。你应该安静地退开。如果它抢了你的食物或小饰品，你应该主动放弃，然后把这事报告给保护区的工作人员。

耶格并不完全认同这些建议。以他的经验，让步总是会招致更严重的侵犯。他们回到小屋，将玻璃门后沉重的木屏风拉开。耶格立刻警觉起来。他敢肯定他们离开时木屏风是开着的。

走进房内，他们立刻发现有人进过房间。大床上的蚊帐放了下来，空气清凉，有人打开了空调。洁白的枕头上散落着许多红色的花瓣。

耶格这才恍然大悟，这是客房服务的一部分。他们用餐时，一名女服务员进过房间，提供了这些增加蜜月情调的服务。第一晚也是如此。

他关了空调，他们俩都不喜欢开着空调睡觉。

"你睡床，"纳洛芙大声说，走进了卫生间，"我睡沙发。"

前一晚，耶格睡的沙发。他知道没必要跟她争。他脱下外衣，换上了睡袍。等纳洛芙洗漱完毕，他就进去刷牙了。

他出来时，看见纳洛芙已经裹着被单躺在了床上。她眼睛闭着，可能是喝了酒的缘故，已经睡着了。

"我好像听到你说要睡沙发的。"他嘀咕了一句，准备再次睡沙发。

第 二 章

偷猎者

耶格觉察到纳洛芙有宿醉后的症状，因为一大清早她居然戴了一副太阳镜。这个时候，非洲平原的太阳还未升起呢。或许她戴着眼镜是为了防止那架看起来老掉牙的直升机带起的灰尘飞进眼睛。

柯尼希决定驾驶卡塔维保护区的俄罗斯造的米-17"河马"直升机，而不是双发动机的"水獭"轻型飞机。他如此选择是因为考虑到两位乘客可能会晕机，毕竟直升机在空中更加平稳。另外，他还为客人准备了点小惊喜，而这个小惊喜只有上了直升机才能送出。

无论是什么惊喜，都会有一定程度的风险，他已经把两把西格绍尔 P228 手枪还给了耶格和纳洛芙。

"这里是非洲，"柯尼希把手枪递给他们时解释，"什么事情都可能发生。但我这么做是违反规则的，所以请把你们的武器藏好。今天行程结束时，你们要把武器交还给我。"

"河马"直升机体形圆胖，像一只丑陋的灰色野兽，但耶格并不过分担心。他曾乘坐这个型号的直升机执行过无数次任务。他很清楚，这是典型的俄制飞机，设计简单，结实耐用。

它还具有可靠的防弹设计，配得上北约给它取的外号"空中巴士"。虽然从理论上讲，英国和美国的军队不会使用这种苏联时代的装备，但实际上，他们都会使用。"河马"直升机十分适合执行那些不引人注意的、秘密的飞行任务，因此耶格对它非常熟悉。

柯尼希启动直升机，直升机上方的五片螺旋桨叶越转越快，渐渐变得模糊。直升机越早升空越好，因为早上气温凉爽，"河马"直升机能获得最大的升空能力。

白天随着气温升高，空气也会越来越稀薄，升空也会越来越困难。

驾驶舱内的柯尼希竖起拇指，一切准备妥当。耶格和纳洛芙迎着燃油燃烧形成的热浪，冲向敞开的舱门，跃上了直升机。

刺鼻的尾气勾起了耶格之前无数次执行任务的回忆。耶格不由自主地露出了笑容。螺旋桨气流扬起大量飞尘，散发出非洲特有的味道：似火的骄阳，被太阳炙烤的土地，一段可以追溯到史前时代的历史。

非洲是人类演变的熔炉，是原始类人猿进化为人的摇篮。随着直升机升上天空，耶格看到一大片亘古不变的土地往四面八方延伸，令人心生敬畏。

飞机的左舷是姆比济山脉，晨曦中起伏的山麓丘陵有如中间凹陷的多层蛋糕，上面覆盖着一层灰色的糖浆。西北方向，远处是烈焰天使峰火山口的边缘，它的东边，稍高一点的位置，正是耶格与纳洛芙曾攀爬到的地方。

在那座山的山腹深处，隐藏着那架体形庞大的BV222水上飞机。飞在空中，耶格完全可以想象它为什么能够藏在姆比济山脉荒无人烟之地长达七十年之久。

他转头看向右舷。一片片森林往东边延伸，渐渐消失在一片雾气弥漫的棕色大草原上，草原上点缀着一簇簇平顶的金合欢树。多条干涸的河道像蛇一样蜿蜒向前，消失在遥远的地平线上。

这架直升机的机头短平上翘。柯尼希一点机头，直升机便以惊人的速度向前飞去。不一会儿，他们就已经飞离机场，擦着树梢，飞上了茂密的树林上空。舱门是开着的，因此耶格和纳洛芙的视野极为开阔。

起飞前，柯尼希向他们简单介绍了今天的任务目标：飞过鲁夸湖季节性洪泛平原。那里残留着几处大水坑，周围会有大型野生动物聚集。鲁夸湖是主要偷猎地。柯尼希提醒他们，他到时候会把飞机飞得极低，并随时警戒，一旦有人朝他们开火，他就带他们逃走。

耶格伸手摸向腰间突起的手枪，将枪从腰带里快速拔了出来，右手拇指按下弹匣释放开关。他是左撇子，但他逼着自己学会了右手射击，因为很多武器都是为惯用右手的人设计的。

他滑下几乎空了的弹匣，里面的子弹都用来对付那群鬣狗了。他将弹匣塞进自己军裤的侧边口袋。这个口袋又大又深，非常适合存放用过的弹匣。他把手伸进抓绒外套的口袋，掏出一个新的弹匣，把它塞进枪里。这样的动作，在训练和执行任务时，他做过上千遍，现在做起来完全不用思考。

做完这一切，他将一副耳机插入直升机内的对讲机，这台对讲机与驾驶舱内相连。他听见柯尼希和副驾驶，一个叫乌里奥的当地人，正大声说着地标和飞行的具体参数。

"泥土小道急转弯，"柯尼希说，"飞机左舷，四百米。"

副驾驶："收到，离鲁夸湖五十千米。"

声音停顿。接着又传来柯尼希的声音。"航速：九十五节①。方向：八十五度。"

副驾驶："收到。离摄像机开启还有十五分钟。"

以他们现在的速度——每小时一百六十多千米——

① 节：国际通用的航海速度单位，也可计量水流和水中武器航行的速度。1 节 = 1 海里 / 时 = 1.852 千米 / 时。

他们很快就能到达鲁夸湖季节性洪泛平原，那时他们会打开摄像机开始拍摄。

副驾驶："预计时间，十五分钟后抵达赞比西水坑。重复，十五分钟后抵达赞比西水坑。寻找狗头山，然后再向东一百米……"

柯尼希："收到。"

透过打开的舱门，耶格看到造型奇特的金合欢树一闪而过。柯尼希开着直升机贴着树冠在树林间穿行，离树很近，伸手几乎可以触及树梢。

柯尼希驾驶技术高超。如果他再飞低一点，直升机的旋翼就会剐到树枝。

他们继续前进，巨大的噪声让人根本无法聊天。直升机的涡轮机和转轴齿轮磨损严重，发出震耳欲聋的声音。耶格和纳洛芙后面还坐着三个人，其中两个是保护区的工作人员，带着 AK47 突击步枪，还有一个是这架飞机的装卸长——管理货物或乘客的人。

装卸长在两个门口来回走动，不断往上看。耶格知道他在做什么：他在检查涡轮机上是否有烟或油冒出来，旋翼部件是否脱落或碎裂。耶格则安心地坐着享受旅程，"河马"直升机他坐过无数次了。

虽然这种直升机外形老旧难看，噪声巨大，但他从来没听说它曾坠毁过。

耶格伸手拿起一个"哈哇袋"，这是部队中的人起的绰号，是一个装满食物的牛皮纸袋。固定在舱板上的冷藏箱里还有不少这样装着食物的纸袋。

在英国特种部队服役时，从食品袋里能得到的最好的食物一般是一个不太新鲜的火腿奶酪三明治，一罐热熊猫可乐，一袋鸡尾酒味炸薯片和一块雀巢巧克力威化饼干。"哈哇袋"由英国皇家空军餐饮服务商提供，里面的东西几乎就没有变过。

耶格看向这个袋子里面：用锡箔纸包着的煮鸡蛋，摸上去还烫手；早上新煎的薄饼，上面浇了枫糖浆；抹了黄油的面包片，里面夹着烤香肠和培根；两个牛角面包；还有一个装满新鲜水果的保鲜袋，里面有菠萝、西瓜和杧果。

另外，还有一瓶现磨咖啡、一瓶热茶和一瓶冰镇苏打水。考虑到卡塔维旅馆的餐饮人员对客人和工作人员的精心关照，他早该猜到的。

他甩开腮帮子吃起来。旁边的纳洛芙，无论是否有宿醉后遗症，也同样开始吃起来。

刚吃完早餐，收拾妥当，就出现了麻烦。上午的时间已过半，直升机已经飞过了鲁夸湖湖区要巡查的好几个地方，都没有发现问题。

突然，柯尼希对直升机进行了一番猛烈的操作，直升机急速下降，几乎要贴着地面飞了，涡轮机发出的噪声从地面反弹回来，震耳欲聋。

装卸长从门口看向外面，用拇指指向他们的后方。

"偷猎的！"他大喊。

耶格立刻伸头看向所指的方向，正好看到一群棍子形状的影子被厚厚的尘土吞没。他瞥见一把举起的枪闪出一道亮光。但即使枪手射出了子弹，也为时过晚，因为他根本来不及瞄准。

这是超低高度飞行的原因，等那些坏蛋发现直升机时，直升机早已飞远。

"摄像机是开着的吗？"对讲机中传来柯尼希的声音。

"开着的。"副驾驶肯定地回答。

"我来为我们的乘客解释一下，"柯尼希说，"那是个偷猎团伙，有十几个人，手里有 AK47，好像还有火箭筒。这些武器足以让我们在空中爆炸。哦，我希望你们没把早餐吐出来！"

偷猎者的武器装备竟然如此强大，耶格很是震惊。光是 AK47 突击步枪就能重创"河马"直升机。如果被火箭筒击中的话，他们会被直接炸飞。

"我们刚刚在标注他们的路线，他们似乎刚从猎杀现场返回。"即使隔着对讲机，耶格也能听出柯尼希声音中的紧张，"他们好像带着象牙，但你们应该能看出我们的窘境。他们人数众多，武器也比我们厉害。在他们全副武装的情况下，我们几乎不可能将其逮捕或将象牙夺回。"

"我们就要飞过偷猎概率最高的区域了——一个大水坑，"他接着说，"所以振作起精神来。"

片刻之后，直升机大幅减速，一个急转弯，直升机开始在水坑上方盘旋。耶格从右舷窗看向窗外，在离浑浊的水面十多米远的地方，他发现了两个不成形的灰色身形。

这两头大象失去了它们平日的优雅稳重。与他和纳洛芙在烈焰天使峰洞穴里遇到的威风凛凛的动物相比，这里的两头大象已经变成了一堆毫无生气的肉。

"你们看见了，他们抓捕并拴住了一头小象，"柯尼希说，声音紧绷，明显压抑着强烈的情绪，"他们用小象来引诱它的父母，母象和公象被射杀、屠宰。象牙被取走。"

"这里的许多动物我都认识，叫得出名字，"他继续说，"那头公象看上去像是库巴瓦－库巴瓦，斯瓦希里语的意思是'又大又壮'。多数大象活不过七十岁，而库巴瓦－库巴瓦已经八十一岁了，属于高龄象，也是保护区里年龄最大的大象。"

"那头小象还活着，但是它肯定有了心理创伤。如果我们能接近它，安抚它，它也许可以活下来。运气再好一点的话，其他母象可能还会接受它，保护它。"

柯尼希的声音听起来很冷静，但耶格清楚，长期面临这样的压力和打击，他的心理一定也受到了影响。

"好了，现在送给你们一个惊喜，"柯尼希语气冷冷地说，"你们说想看一看……我现在就放你们下去。给你们几分钟，让你们在地面上近距离目睹这惨烈的场景。工作人员会陪着你们。"

耶格立刻感觉到本来就飞得不高的直升机在下降，着陆前，尾端落向一处狭窄的空地。装卸长将身子探出舱门，检查旋翼桨片和尾部是否会碰到金合欢树。

当轮子落到炙热的非洲土地上时，出现一阵颠簸，装卸长竖起了大拇指。

"安全着陆！"他大叫，"不愧是巴士！"

耶格和纳洛芙从门口跳了下去。他们弓着腰低着头，疾步往边上跑去，跑到旋翼桨片掀起的大量泥土和植被的范围之外。他们单膝跪地，手里拿着手枪，以防这里还有偷猎者没走。两个工作人员也朝着他们跑过来，其中一个朝着驾驶舱竖了一下大拇指，柯尼希回以同样的手势。片刻之后，直升机垂直升空，离开了。

时间一分一秒地过去。

旋翼的震颤声越来越小。

不一会儿，就听不到直升机的声音了。

工作人员急忙解释，柯尼希回卡塔维去取绳索了。如果他们能成功将小象麻醉，让它睡着，他们就可以用直升机吊着它，将它带回保护区。之后，他们会对小象进行人工饲养，为它疗伤，等它恢复后再把它送回象群。

耶格明白柯尼希这么做的道理，但他有些担心他们目前的处境：附近躺着刚被屠杀的大象尸体，而他们的武器只是两把手枪。工作人员看起来很镇定，但一旦有事情发生，耶格也不清楚他们是否有能力应对。

他站起身，看了一眼纳洛芙，两人向着惨不忍睹的屠杀现场走去。纳洛芙眼中明显燃烧着熊熊怒火。

他们小心翼翼地靠近全身颤抖、受了伤的小象。它侧躺在地上，似乎已经筋疲力尽，站都无法站起来，地上还有它刚才挣扎的痕迹。它被一根绳子绑住腿拴到了树上，在拼死挣扎的过程中，绳子已经深深地嵌进了它腿上的皮肉里。

纳洛芙在它身旁跪下。她低着头，在它耳边柔声安抚。它那像人一样的小小的眼睛因惊恐而不断转动着。她温柔的声音似乎让它平静了下来。她一直守在它的身边，时间好像过去了很久，很久。

终于，她转过身，眼里噙满泪水。"我们去杀了他们，杀了那些刽子手。"

耶格摇了摇头。"别这样……就我们两个人，只有手枪。这么做不是勇敢，而是愚蠢。"

纳洛芙站起身，盯着耶格，脸上满是痛苦："那我就一个人去。"

"但它……"耶格指着小象，"它需要人保护，需要人守着。"

纳洛芙指了一下工作人员的方向。"他们不行吗？他们的武器比我们的还厉害。"她看了一眼西边，偷猎团伙离开的方向，"必须有人去杀了他们，否则这样的事情会一再地发生，直到所有的动物都被杀掉。"她怒火中烧，但神情冰冷、坚定："我们出手要狠，绝不能手下留情，就像他们对待这些动物一样。"

"伊琳娜，我听你的。但我们最好先计划一下。柯尼希已经离开了二十分钟。他们在直升机里有几把备用的 AK47。我们至少要有合适的武器才行。另外，直升机里还有许多补给品：水、食物。如果没有这些东西，我们还没开始就会完蛋。"

纳洛芙瞪着双眼看着他，没有说话，但他知道她听进去了。

耶格看了一眼手表。"现在是下午一点。我们可以一点半出发。偷猎团伙比我们早出发两个小时。只要我们行动迅速，就能赶上他们。"

她不得不承认，他这番话很有道理。

耶格决定去查看一下那两具大象尸体。他不太清楚自己为什么要这么做，但他还是去看了。他努力让自己保持冷静，就像一个士兵检查杀戮现场一样，但他发现自己做不到，强烈的情绪抑制不住地往他头上涌。

这不是一次手法精准、专业的屠杀。耶格推断，两头成年大象冲上前去，想要保护小象，从而引起了偷猎者的恐慌。偷猎者举着突击步枪和机关枪向着强壮的大象一阵扫射，最终将它们打倒。

有一点可以肯定，两头大象并没有很快死去，它们死前遭受了巨大的痛苦。它们可能嗅出了危险，甚至可能知道这是个陷阱，但它们还是来了，为了家人义无反顾，冲上前去保护自己的幼崽。

卢克已经失踪三年了，此时的耶格禁不住感同身受。他极力压抑住自己的情绪，把到了眼眶的泪水强忍了回去。

耶格转身想要离开，但突然又停了下来。好像有什么东西在动。他再次上前查看，希望不会是他想的那样。没错，其中一头大象还有呼吸，有点不可思议。

这个发现就像一记重拳打在了他的腹部。偷猎者开枪把这头公象打倒，砍下它的象牙，任其躺在血泊中。它浑身中弹，正在非洲炙热的太阳下缓慢而痛苦地死去。

耶格顿时感觉怒火中烧。这头曾经强壮的大象已经救不回来了。

他虽然心有不忍，但他知道自己必须这么做。

他转过身，走向一个工作人员，借了他的突击步枪。然后，他握着枪瞄准公象的头部，双手因强烈的怒火和情绪不断颤抖。有那么一瞬间，他觉得那头公象似乎睁开了眼睛。

泪水模糊了耶格的视线，他开枪了，那头饱受折磨的大象终于咽下了最后一口气。

恍惚中，耶格回到了纳洛芙身边。她还在安抚小象，从她痛苦的表情中，耶格看得出她知道他刚刚为什么要开枪。现在，他们两个人都认为，这件事已经是他们的事了。

他在她身旁蹲下。"你是对的。我们必须追上他们。等我们从直升机里拿到补给品，就出发。"

过了一会儿，火辣辣的空气中传来直升机旋翼桨叶的声音。柯尼希提前回来了。直升机向空地降落，旋翼扬起大量令人窒息的灰尘和沙土。轮子接触到了地面，柯尼希开始关闭涡轮机。耶格正要冲上前去帮忙卸货，突然，他的心跳漏了一拍。

他看见灌木丛里有什么东西闪了一下，明显是阳光照在金属上反射出的光芒。他看到一个人影从灌木丛中站起来，肩上扛着一个火箭发射筒。他们之间相距大概三百米，耶格的手枪拿他没办法。

"火箭弹！火箭弹！"他大叫道。

几秒后，他清楚地听到了穿甲弹发射的声音。通常来说，火箭弹是出了名地打不准，除非近距离射击。此刻这枚火箭弹从灌木丛中射出，像一个保龄球瓶一样直奔直升机砸去，尾部还拖着一条长长的火龙。

有那么一瞬间，耶格觉得它会打偏，但最后一刻，它还是打中了直升机的尾部，就落在尾桨前面一点的位置。紧接着是炫目的爆炸，直升机的尾部与机身完全断开，爆炸的威力让直升机旋转了九十度。

耶格几乎没有迟疑。他站起身，快速向直升机冲去，一边跑一边大声向纳洛芙和工作人员发号施令，命令他们形成防御警戒线，以钢板做掩护。他已经听到了猛烈的枪声，他毫不怀疑偷猎者可能会走近杀人。

直升机尾部毁坏严重，四处蹿起了火苗，但耶格还是跃进了舱内，里面一片狼藉，浓烟滚滚，令人窒息。他寻找着幸存者。柯尼希这次新带了四个工作人员，耶格立刻发现其中三个已经被弹片击中，确认死亡。

第四个工作人员受了伤，但还活着，耶格一把抓起他，抬起他满是血污的身体，把他拽出机舱，扔到了灌木丛里，然后继续去救柯尼希和副驾驶。

火苗从后面烧了过来，舱内已经着火，耶格必须加快速度，要不然柯尼希和副驾驶一定会被活活烧死。但是，如果不做任何防护就冲进火里救人，无异于找死。

他取下背包，伸手从里面掏出一个大喷雾瓶，黑色哑光的瓶子上印着"冷火"两个字。他把喷嘴对准自己，从头到脚喷了一遍，然后握着瓶子，冲了进去。"冷火"是一种神奇的药剂，他曾见过士兵们拿它喷手，然后拿喷灯对着手上裸露的皮肤烧，人却没有任何感觉。

他深吸一口气，冲进烟雾，朝着火焰的中心扑去。难以置信，他居然没有被灼烧的感觉，甚至完全感觉不到热量。他举起手中的瓶子就喷，泡沫驱散了有毒的浓烟，几秒钟内就熄灭了火焰。

耶格艰难地进到驾驶舱，柯尼希已经失去了知觉。耶格解开他身上的安全带，把他拖离了直升机。柯尼希看上去像是头部受了撞击，其他部位并无大碍。耶格全身被汗水浸湿，浓烈的烟雾令他喘不过气，但是他再次转身，冲去打开驾驶舱另一侧的门。

他使出最后的力气，抓起副驾驶，将他拖向安全地带。

第 三 章

追踪偷猎者

耶格和纳洛芙已经快速前进了三个小时。他们一路以一条干涸的水道做掩护，成功赶超了偷猎团伙，没有被对方发现。

他们来到一片茂密的金合欢树林。在这里，他们可以观察经过的偷猎团伙。他们需要对对方的人数、武器装备、优势和劣势做一个评估，从而制订袭击他们的最佳方案。

直升机那边，偷猎者已经被防御方的强大火力赶走了，伤员的情况也稳定了下来。他们叫了一架医疗救护直升机，对此卡塔维旅馆已经做好了安排。他们计划在接走伤员的同时，也将小象运走。

不等他们过来，耶格和纳洛芙已经离开，一路使劲追赶偷猎团伙。

他们躲在金合欢树林里看着偷猎团伙走近。有十个持枪的人。那个扛着火箭筒袭击直升机的人以及负责给他装弹的同伴，还在后面没跟上来。所以总共是十二个人。耶格经验老到，他看出他们个个武器配置充足。他们的身上都挂着长长的弹药袋，鼓鼓囊囊的口袋里塞满弹匣，还带着大量火箭弹。

十二个偷猎者，敌我力量悬殊。耶格觉得很不乐观。

这群人经过时，他们还看见了四根血迹斑斑的巨型象牙。那群人轮流用肩扛着，蹒跚前行，行进一段距离后，会有其他人来替换。

耶格可以肯定，他们这样做特别耗体力。他和纳洛芙即便轻装上阵，全身仍被汗水浸透，薄薄的棉衬衫粘到了他的背上。他们出发前，从直升机里拿了一些瓶装水，但水已经快喝完了。而这些家伙扛着的东西比他们带的东西要重好多倍。

耶格估计每根象牙都重达四十公斤，和一个小个子成年人差不多重。他认为他们不久后就会停下扎营。他们必须这么做，因为马上就要到傍晚了，他们需要喝水、吃东西，需要休息。

这就意味着，他脑海中想好的计划是可以实施的。

他回到干河床的隐蔽处，示意纳洛芙也回去。"看够了吗？"他低语。

"够了，真想杀了他们所有人。"她咬牙切齿地说。

"我也是这么想的。问题是，如果我们和他们正面较量，就无异于送死。"

"想到更好的办法了吗？"她声音沙哑地问。

"也许，"耶格把手伸进背包，掏出他的便携式舒拉亚卫星电话，"根据柯尼希告诉我们的，我们得知象牙很坚硬，就像一颗巨型牙齿。但是就像所有牙齿一样，在牙根末端有一个中空的椎体——牙髓腔，里面是软组织、细胞和血管。"

"说重点。"纳洛芙不耐烦地低吼。耶格知道，她还是想现在就去把他们干掉。

"这个团伙迟早要休息，今晚一定会安营扎寨。我们可以趁机溜进他们的营地，但我们不是去杀他们。还不到时候。"他拿起卫星电话，"我们把这个电话放进牙髓腔的深处，然后联系法尔肯哈根总部的人跟踪信号，由此找到偷猎团伙的据点。与此同时，再向总部订购一些合适的设备、武器。接下来，我们就可以随时动手灭了他们。"

"放卫星电话，我们怎么接近他们？"纳洛芙问。

"我不知道，但我们尽力而为。只要我们细心观察、研究，一定会找到办法的。"

纳洛芙露出怀疑的眼神。"要是有人打这个电话呢？"

"我们把它设为振动模式。"

"要是它随着振动掉了出来呢？"

耶格叹了口气，说道："你可真难缠。"

"正因为难缠，我才能活着。"纳洛芙在包里摸索了一阵，拿出一个只有一英镑硬币大小的微型装置。"这个怎么样？ GPS 追踪器。太阳能供电，精度高达一点五米。我带着它，是因为我觉得我们可能需要追踪卡姆勒的手下。"

耶格伸手要把东西接过来。把这个小玩意儿放进象牙牙髓腔的深处，显然行得通，只要他们能接近象牙。

纳洛芙没有把东西给他。"有个条件，我去放。"

耶格盯着她看了好几秒。她身材苗条，身手灵活，头脑聪明，他毫不怀疑她行动起来动作会比他还要快。

他笑了。"就这么干。"

那伙人又向前行进了三个小时，早已筋疲力尽。终于，他们停了下来。那一轮巨大的红色太阳正迅速沉入地平线。耶格和纳洛芙爬得更近了些。他们沿着一条狭窄的沟壑匍匐前进，沟壑的尽头是一片臭烘烘的黑泥地，那是一个水坑的边缘。

偷猎团伙在水坑的另一边扎了营，这么做很有道理。赶了一整天的路，他们需要水，尽管这个水坑看上去只是一个烂泥坑。空气中的热度稍有消退，但还是热得令人窒息。所有会爬的、嗡嗡叫的、会叮人的东西似乎都被吸引到了这里。像老鼠一样大的苍蝇、像猫一样大的老鼠，还有会叮人的毒蚊子全都蜂拥而至。

但是，最让耶格难受的是脱水。一个小时前，他们就已经喝光了最后一滴水。他体内几乎没有了水分，连汗都排不出了。他感觉自己头痛欲裂。即使是完全躺着不动监视偷猎团伙，他也觉得口渴难耐。

他们两个人都需要补充水分，而且要快。

黑暗笼罩大地。一阵微风吹来，带走了耶格皮肤上最后一点汗水。他躺在泥里，静如磐石，透过夜幕注视前方。纳洛芙就在他旁边。

他们上方，透过金合欢树冠，可以看到微弱的星光闪烁，还有一丝极其微弱的月光。一只萤火虫在黑暗中飞舞，一会儿左边，一会儿右边，蓝绿色的荧光在水面上神奇地飘浮着。

没有光亮正好。执行这样的任务，黑暗就是他们最好的朋友。

看着看着，耶格意识到这个水坑可以为他们提供理想的路线，尽管这水坑让人恶心。

耶格和纳洛芙都不清楚水有多深，但穿过水坑就可以直达敌人营地中心。水坑的那边，偷猎团伙正在生火做饭，火光映在静止的水面上，闪烁着微光。

"准备好了吗？"耶格低声问，用脚轻轻碰了碰纳洛芙的脚。

她点点头。"行动吧。"

营地三个小时前就已经安静下来了。他们一直监视着这个地方，在此期间，他们没有看到有任何鳄鱼出没的迹象。

是时候了。

耶格转过身，滑进了水中，用穿着靴子的脚试探坚实的地方。水坑的底部是一层黏稠的厚厚的淤泥。水只没到他的腰部，但在水坑边岸的掩护下，他们不会被发现。

在他们两边，隐藏着一些说不出名字的生物，在水里泥里爬来爬去，四处游动。不出所料，这是一潭死水，污浊不堪、臭气熏天，散发着动物粪便的气味，弥漫着疾病和死亡的气息，令人作呕。

但是，这是个非常完美的偷袭点，偷猎团伙不会想到有人会从这里袭击他们。

在英国特种空勤团服役期间，耶格接受过训练，学会了欣然接受正常人害怕的东西，在黑夜中栖息，拥抱黑暗的到来。黑暗就像一件斗篷，能掩护他和战友们的行踪，不让敌人发现。他希望现在也是如此。

部队训练他去适应那些特殊环境，如阳光暴晒的沙漠、偏远的灌木丛、散发恶臭的沼泽地。这些地方正常人都会回避，有理智的人都不会去。这就意味着少数精英战士能在不被注意的情况下潜入。

偷猎者不会像耶格和纳洛芙一样，进入这个又脏又臭的水坑。这就是为什么这个地方尽管存在不少缺点，却又是完美的隐藏地点。

耶格跪伏在水中，只留眼睛和鼻子在水面上，手里紧握着手枪。他以这样毫不起眼的姿势往前悄悄爬行。他小心地不让自己的手枪沾上水。虽然大多数手枪沾水后仍可使用，但最好还是让它保持干燥，以防手枪因沾染污水而出现故障。

他看了一眼纳洛芙。"你还好吗？"

她点点头，眼睛在月光下闪着凶狠的光芒。

耶格的左手不断地往前伸，扒开那些黏稠滑腻、踩上去能发出扑哧扑哧响声的淤泥，同时双脚使劲，让身体向前移动。他在烂泥里每前进一步，淤泥都会没到手腕处。

他祈祷不要有蛇，但赶紧又打消了这个念头。

　　他手脚并用前进了三分钟，数着每一次向前的步数，以此估算出他前进的大致距离。因为他和纳洛芙看不见周围，而他又需要判断偷猎者营地的位置。当估摸着已经走了七十米时，他示意停下来。

　　他靠近左岸，慢慢地把头探出水面。他感觉纳洛芙紧挨着他，头几乎靠到了他的肩膀上。他们一同从沼泽里探出头来，手里紧握着手枪。他们各自瞄准自己前方的区域，低声商量着一些细节，以最快的速度构建起敌人营地的全貌。

　　"火堆，"耶格低声说道，"有两个人坐在边上，是放哨的。"

　　"监视的方向？"

　　"东南。不是水坑方向。"

　　"有照明吗？"

　　"我没看见。"

　　"什么武器？"

　　"AK47，我还看见火堆两边有人在睡觉，我数一下……八个。"

　　"那就是十个人，还有两个人没出现。"

纳洛芙眼睛左右扫视，查看她所负责区域的情况。

"我看到象牙了。有一个人在那里看守。"

"什么武器？"

"肩上挂着突击步枪。"

"那还有一个人，少一个人。"

他们两人都知道时间宝贵，但他们必须找到那个不见了的偷猎者。他们又守了几分钟，但还是没看到最后一个人在哪里。

"有其他防卫设施吗？绊索、陷阱、运动传感器？"

纳洛芙摇头。"没看见。我们再前进三十米，就能到象牙旁边了。"

耶格缩回身子，继续前进。前进的过程中，他听到神秘动物在黑暗中游动的声音。他的眼睛与水面差不多齐平，他能感觉到周围一切令人不快的细微动静。最糟糕的是，他感觉到有什么东西滑进了他的衣服里。

在他的衬衣里面，脖子周围，甚至大腿内侧，他都感觉到轻微的刺痛。这是蚂蟥。它们用嘴刺破了他的皮肤，然后贪婪地吮吸起来，想用他的血液喂饱自己。

真是太恶心了，令人反胃。

但是现在，他却什么也做不了。

出于某种原因——可能是紧张让他的肾上腺素激增——耶格起了一阵尿意，但他不得不把尿意强压下来。穿过这类水域的黄金法则是：千万不要撒尿。因为这样做有风险。撒尿时尿道会打开，这里大量的微生物、细菌和寄生虫可能会沿着尿道进入你的体内。

这里可能还存在一种小鱼，叫寄生鲇，又称"牙签鱼"。这种小鱼喜欢钻进你的尿道，然后用倒钩刺把它的身体固定住，你连拔都拔不出来。想到这里，耶格有点不寒而栗。他坚决不许自己尿出来，一定要憋到任务结束。

他们终于停了下来，再次查看了一下地面的情况。在他们左边大概三十米远的地方，四根巨大的象牙在月光下闪着幽光，边上只有一个放哨的。那人背对着他们，面向灌木丛，可能认为威胁只会来自那个方向。

纳洛芙举起 GPS 追踪器。"我现在去。"她低声说。

在那一瞬间，耶格有想和她争的冲动，但又想到这会儿不是时候，而且她可能会比他完成得更顺利。"我掩护你。"

纳洛芙停顿了一下，从岸边捧起一些黏稠的污泥，抹到自己脸上和头发上。

她转身对着耶格。"我看起来怎么样？"

"美极了。"

然后，她如同一条幽灵般的毒蛇，蜿蜒着爬上岸消失了。

第 四 章

身世之谜

耶格数着秒。时间约莫过去了七分钟，但他还没看到纳洛芙的身影。他期盼着她随时出现。他的眼睛紧紧盯着火堆旁的岗哨，但没发现有什么不对劲的地方。

然而，他还是忐忑不安。

突然，他听到象牙的方向传来一阵奇怪的咯咯声，像是有人被扼住脖子喘不过气来发出的声音，他立刻看向那边。那个独自放哨的人已经不见了。

他看见火堆边的岗哨身体僵了一下。他的心像机关枪一样怦怦跳起来，手中的手枪对准了他们。

"侯赛因，是你吗？"其中一个喊道，"侯赛因！"

他们显然也听见了那个声音。那个放哨的没有回答，耶格大致猜得出原因。

火堆边的其中一个人站了起来。他的声音飘进了耶格的耳朵，说的是斯瓦希里语。"我去看一眼，也许他是去尿尿了。"他穿过灌木丛，走向象牙的方向，也就是纳洛芙所在的方向。

耶格正要站起身，冲上岸去帮忙，却突然发现了新情况。一个身影正趴在灌木丛里，朝他这边爬。正是纳洛芙，但她的动作有些古怪。

等她爬得更近了一些，他才弄清楚原因：她身后拽着一根象牙。拖着这么重的东西，她不可能及时撤回。耶格从隐蔽处冲了出来，猫着腰朝她奔过去，抓起沉重的象牙，踉踉跄跄地沿着来时的方向后退。

他拖着象牙滑入水中。纳洛芙也跟了下来。他几乎不敢相信，他们居然没被人发现。

他们一言不发，开始悄悄地离开。什么话也不用说，如果纳洛芙没有完成任务，她一定早就告诉他了。但是她带走一根象牙，是为什么呢？

突然，枪声划破了寂静的黑夜。啪！啪！啪！

耶格和纳洛芙一动不敢动。那三声是 AK 步枪打出的三发子弹，从象牙的方向传来。无疑，纳洛芙拿走象牙的事被发现了。

"只是鸣枪示警，"耶格以极轻的声音说，"拉响警报。"

整个营地的人都醒了，响起一阵怒吼声。耶格和纳洛芙没入水中，脸埋到了淤泥里。他们能做的就是静止不动，只能依靠听觉来判断外面的情况。

到处是嘈杂的叫喊声，咚咚的脚步声，还能听到子弹上膛的声音。偷猎者们惊恐地大喊大叫，显然不知道出了什么事。耶格觉察到有个身影出现在岸边，距离他们的藏身之地只有几米远。

这名枪手扫了一眼水坑。耶格似乎感觉到他的视线从他们身上扫过。尖叫声、枪声随时可能会响起，他做好了迎接子弹打入肌肉和骨头的痛楚的准备。

接着有个声音大声命令："没人在那个臭水坑里，你个蠢货！去搜那边！"

那个身影转身朝着开阔的灌木丛冲去。耶格感觉自己已经不在偷猎者的搜索范围内了，他们已经分散开，搜查起周边的区域来。耶格他们靠坚持躲在这片散发着恶臭、充满疾病的水域里，活了下来。

他们在水里慢慢爬行，最后回到了他们最初下水的地方。在确认周围没有敌人后，他们爬上了干燥的地面，从藏背包的地方取回了背包。

纳洛芙想了一下，拿出刀，在水里洗了洗刀身。

"他们当中有一个必须死。我拿那个是为了掩护，"她指了指象牙，"做得好像是有人偷了它。"

耶格点点头。"聪明。"

他们时不时还能听见叫喊声，偶尔还有枪声，声音在黑暗中回荡。他们好像在往东边和南边搜查，离水坑越来越远。偷猎团伙显然吓坏了，他们到处搜查，却注定要一无所获。

耶格和纳洛芙将那根象牙藏在了水坑的浅水处，然后出发穿过灌木丛。前面还有很长的路要走，而且他们严重脱水，身体越来越难受，急需补充水分。但是，他们当前还有一件更紧迫的事要做。

他们走了一段距离，当耶格觉得已经走得够远，不会被敌人发现的时候，他叫住纳洛芙。"我需要方便一下。另外，我们也应该查看一下身上的蚂蟥。"

纳洛芙点点头。

这不是讲究礼仪的地方。耶格转过身，脱下裤子。果然，他的大腿根处吸附着一大片黑色的东西，它们还不断扭动着身体。

他一向讨厌嗜血的蚂蟥。这东西简直比蝙蝠还讨厌，是他最不喜欢的生物。它们已经尽情享受了整整一个小时的血液，每一条肥胖的黑色身体都装满了鲜血，变成了正常尺寸的好几倍。他把它们一条一条用力地拔下来，甩到一边，身体上留下一个个不断往外渗血的伤口。

清除完大腿根处的蚂蟥，他又脱下衬衫，清理了一遍上身和脖子。蚂蟥吸血时会向人体内注入一种抗凝剂，让血液长时间无法凝固，因此当他清理完所有的蚂蟥时，身上到处血迹斑斑。

纳洛芙也转过身，脱下了自己的裤子。

"需要帮忙吗？"耶格打趣道。

她哼了一声。"做梦。我周身全是蚂蟥，而你也是其中一条。"

他耸了耸肩。"好吧，那你就流点血吧。"

在除掉身上的蚂蟥后，他们花了一点时间清理各自的手枪。这么做很重要，因为泥巴和水可能会渗入手枪内部腐蚀枪支零件。之后，他们快步往东走去。

他们没有了水和食物，但在直升机的残骸里应该能找到不少。

问题的关键是他们先要回到那里。

耶格和纳洛芙轮流喝着酒瓶中的酒。这是他们在直升机残骸中找到的一个意外收获。虽然纳洛芙很少喝酒，但他们都已经筋疲力尽，需要威士忌来提提神。

他们午夜过后才回到这里，这地方早已空无一人，连小象都不见了。这是个好消息，这意味着至少那头小象可能被救走了。他们从直升机的残骸里找到了水、碳酸饮料和食物，解决了饥渴问题。

吃饱喝足后，耶格用卫星电话打了几个电话。第一个是打给卡塔维旅馆的，他很高兴能和柯尼希通上话。显然，这位动物保护区的负责人很顽强，他已经恢复了意识，回到了工作岗位。

耶格向他大致说明了他与纳洛芙之前的行动，并请求派一架飞机过来接他们。柯尼希答应天一亮就起飞。耶格提醒他，下一班来卡塔维的飞机上会有自己的货物，但货物到了后，请不要擅自打开。

第二个电话是打给在法尔肯哈根的拉夫的。耶格报给拉夫一张设备和武器的采购清单。拉夫答应将以英国外交邮包的形式，二十四小时内把东西运达卡塔维。最后耶格和拉夫说了关于 GPS 追踪器的事，请他注意追踪器的位置。如果追踪器静止不动了，请告知耶格和纳洛芙它的位置，因为这意味着偷猎团伙已经回到了他们的大本营。

打完电话，他们靠着金合欢树坐下，拧开了酒瓶。接下来的一个小时，他们一边你一口我一口地喝着酒，一边计划着接下来的行动。耶格意识到酒瓶快要空了的时候，天已经快亮了。

他摇了摇酒瓶，里面最后一点威士忌在晃来晃去。"最后一口你喝，俄罗斯战友？接下来我们聊点什么？"

"为什么一定要聊天？听听灌木丛里的声音，这就像是一支交响乐。而且，夜空也很美。"

她身子向后一靠，耶格也学着她的样子。昆虫有节奏地啾啾叫着，奏响催眠的曲子，头顶是广袤的苍穹，闪烁着点点光芒，如同绸缎一样。

"万籁寂静，这种机会真难得，"耶格说，"周围几英里①内只有我们两个人。"

"你想聊什么？"纳洛芙喃喃地问。

"你知道吗？我觉得我们应该来聊一聊你。"耶格心中有很多疑问，现在正是问出口的最佳时机。

纳洛芙耸了耸肩。"我的事没多大意思，你想听什么？"

"你可以先说一说，你是怎么认识我祖父的。我的意思是，如果他对你来说，就像你的祖父，那我们是什么关系？失散多年的兄妹吗？"

纳洛芙笑出了声。"说不上吧。这件事说来话长，我尽量长话短说。"她的神情变得严肃起来，"1944 年的夏天，年轻的俄罗斯姑娘索尼娅·奥尔沙涅夫斯基在

————————

① 英里：英美制长度单位，1 英里 = 1.609 千米。

法国被俘。被俘前，她是一名游击队员，是他们与伦敦联系的无线电发报员。"

"德国人把她送进了一个集中营，那个地方你知道，纳茨维勒集中营。那里专门关押'夜雾'囚犯——希特勒下令要让其消失在夜里和雾里的人。如果德国人发现索尼娅·奥尔沙涅夫斯基是英国情报机构特别行动局的特工，他们肯定会折磨她、处决她，就像他们对待所有被俘的特工一样。幸运的是，他们没发现她的特工身份。

"他们强迫她在集中营里劳动，做苦工。一名党卫队高级军官到集中营视察，索尼娅长得很漂亮，他选中了她作为他的床伴。"纳洛芙顿了顿，"渐渐地，她想到了逃跑的办法。她想办法撬下了猪圈里的一些木板条，做了一架逃生梯。"

"靠着那架梯子，她和另外两个囚犯爬过了带电的铁丝网。索尼娅逃到了美军阵地。在那里，她遇到了两名在美军工作的英国军官——也是特别行动局的特工，告诉了他们纳茨维勒集中营里的情况。盟军攻破德军防线后，她把他们带到了集中营。"

"纳茨维勒是盟军找到的第一个集中营。之前人们做梦也想不到会有如此恐怖的地方。解放那里的经历让那两名英国军官深受影响。"纳洛芙的脸色突然沉了下来，"但那时，索尼娅已经怀孕四个月，孩子是那个强奸她的党卫队军官的。"

纳洛芙顿了片刻，眼睛看向上方的天空。"索尼娅是我的外祖母。你的祖父——泰德祖父——就是那两名军官之一。他目睹了集中营里的恐怖情景，被深深地触动，也被索尼娅的坚韧不拔所感动，于是他主动提出要做索尼娅肚中孩子的教父。那个孩子就是我的母亲。我就是这样认识你祖父的。"

"我是纳粹强奸犯的外孙女，"纳洛芙平静地说，"所以你能明白为什么这项工作与我个人相关。你祖父在我小时候就看出我有这方面的天分。他磨砺我、塑造我，希望我能继承他的衣钵。"她转向耶格："他把我培养成了秘密猎人组织中的优秀特工。"

他们默默地坐了很久。耶格想问的问题太多，但不知道从何处问起。她对泰德祖父了解多少？她有没有去耶格家看望过他？她和他一起训练过吗？为什么这件事要对包括耶格在内的所有家人保密？

耶格和祖父的关系十分亲密。他对祖父敬佩有加，加入部队也是因为祖父这个榜样的力量。不知何故，他觉得有点受伤，因为祖父对此从未提过哪怕一个字。

最后寒冷打败了他们。纳洛芙往耶格身边靠了靠。"纯粹为了活下去，仅此而已。"她喃喃地说。

耶格点了点头。"我们都是成年人了，事情还能坏到哪儿去？"

他快要陷入梦乡时，感觉到她的头垂到了自己的肩膀上。她的手臂搂着他的身子，和他紧紧地依偎在一起。

"我还是觉得冷。"她睡眼惺忪地喃喃道。

他闻到她呼吸中的威士忌气味，同时也闻到她身体散发出的温暖气息，夹杂着汗味和体香。他觉得自己有点头晕。

"这里是非洲，没有那么冷，"他嘀咕道，伸出一只胳膊搂住她，"好点了吗？"

"好点了。"纳洛芙紧紧搂着他，"你知道了吧，我是冰做的。"

耶格差点笑出声来。真想顺其自然，沉沦在这亲昵、醉人的感觉中。

他的内心分裂成了两个人，其中一个惴惴不安，心烦意乱：他要找到露丝和卢克，把他们救出来。另一个带着醉意，只想沉浸在片刻的温情中，在他的内心深处，他渴望回应对方给予的温情。

毕竟，他现在搂着的可不是一般的女人。纳洛芙容貌姣好，晨曦中看起来格外迷人。

"你知道，伯特·格罗夫斯先生，如果你演戏的时间长了，有时你自己都会开始相信戏是真的，"她喃喃道，"尤其是当你花了很长时间去寻找你想要的东西，却发现可能永远都找不到的时候。"

"我们不能这么做，"耶格强迫自己开口说道，"露丝和卢克也许还被人关在那座山的某个地方。我敢肯定，他们还活着。他们很快就能被救出来。"

纳洛芙哼了一声。"那你就宁愿被冻死？白痴。"

"白痴"这个词用的是德语，是她特有的骂人的话。尽管她骂了他，但她并没有放开他，他也没有放开她。

第 五 章

追捕猎物

在过去的二十四小时里，耶格和纳洛芙忙得像一阵旋风。他们让拉夫订购的装备已经按要求送达，他们把东西都塞进了背包里。

他们忘了要两顶黑色的头套来隐藏他们的面部特征，因此不得不就地取材。为了让蜜月旅行看起来更真实，纳洛芙带了一些黑色丝袜。他们在丝袜上面割了两个孔，然后套到头上。不错，仅次于专门的头套。

当拉夫告诉他们追踪器已经静止不动时，耶格和纳洛芙就知道他们找到了那些人的大本营。出乎意料的是，柯尼希竟然知道象牙目前所在的那栋房子。那里被认为是那个黎巴嫩商人在此地的据点，配备了一支精心挑选的保镖队伍。

柯尼希说过那个商人是全球象牙走私链中的第一个环节。偷猎者会把象牙卖给他，之后他把货物走私出境，最终运往亚洲——那里是这些非法商品的主要市场。

耶格和纳洛芙是开着他们自己的交通工具从卡塔维离开的——一辆他们用假名在本地租赁的白色路虎，车门上印着租赁公司的名字"狂野非洲之旅"，与卡塔维旅馆印着保护区特有徽标的丰田车区别开来。

他们下了车还要步行一段，因此需要一个值得信赖的人留在车里。最合适的人选就是柯尼希。他们告诉了柯尼希他们的计划，并向他保证，这次行动不会牵连到卡塔维。柯尼希同意了。

傍晚时分，他们下车，柯尼希留在了车里。路虎车隐藏在一条干涸的河床中，车身融入幽暗的光线里。他们用 GPS 和指南针导航，在干旱的大草原和灌木丛里穿行。他们配备了个人无线电对讲机和耳机，无线电信号覆盖范围为三英里。在这个范围内，他们和柯尼希三人之间能够彼此保持联系。

他们没有机会试射他们携带的主要武器，好在瞄准镜出厂的默认视程是二百二十多米，对今晚来说已经够用了。

距离追踪器定位的那栋房子还有三百米远的时候，耶格和纳洛芙停了下来。他们俯卧在地势较高的山脊上，静静地观察了二十分钟。耶格的腹部还能感受到土地白天日照后的余温。

太阳已经下山，但眼前这栋房子的窗户却灯火通明，就像挂着彩灯的圣诞树。安保也不过如此。偷猎者和走私犯们显然不相信现在会有危险或威胁，他们认为自己总能凌驾于法律之上。今晚他们将会被好好地上一课。

这一次任务，耶格和纳洛芙可以说是各行其是。

耶格扫了一眼那栋房子，数到有六个拿着突击步枪的保镖。他们坐在门外，围着一张牌桌，他们的武器要么靠墙放着，要么随意挎着枪的肩带，把枪挂在背后。

一盏防风灯的黄色光芒照亮了他们的脸。

这样的亮度用来杀人绰绰有余。

在房子楼顶平台的一个角落里，耶格发现了一样东西，像是一挺轻机枪，上面盖着毯子，挡住了他人好奇的目光。如果一切顺利，敌人在靠近那挺机枪之前就会被干掉了。

他拿起轻型热成像仪，又把房子看了一遍，在心里记下所有人的位置。人在成像仪屏幕上显示为一个个明亮的黄色斑点——人的身体释放出热量，让人在屏幕上看起来就像一个个小火球。

一阵音乐声飘了过来。

牌桌的旁边放着一台便携式录音机，正在播放一首阿拉伯流行音乐，声音有些失真。他不禁想起这里的多数人都是黎巴嫩商人的手下。原则上来说，他们也算还过得去的商人。

"我数到了十二个人。"耶格对着耳机的麦克风低声说。耳麦是开着的，因此无须再按任何按钮。

"是十二个人，"纳洛芙确认了人数，"加上六只山羊，一些鸡和两条狗。"

很好。他需要格外小心，这些动物虽然可能被驯化了，但它们仍可以感觉到陌生人的存在，贸然靠近可能会引起它们的恐慌。

"你可以解决前面的六个人吗？"他问。

"可以。"

"好，我一到位，就按我的命令射击。解决他们后，用无线电通知我，再跟在我后面进去。"

"知道了。"

耶格从背包里取出一个细长的黑色手提箱。打开后，里面是一把分解了的 VSS 微声狙击步枪，又名"螺纹剪裁机"。旁边的纳洛芙已经开始组装自己的那把，也是同型号的枪。

他们选择俄制 VSS 狙击步枪，是因为它特别轻巧，他们可以拿着它悄悄地快速移动。虽然它的精确射程仅为五百米，不到许多狙击步枪的一半，但它的重量只有二点六公斤。它还可以连续发射弹匣里的二十发子弹，而大多数狙击步枪都是栓式的，每发子弹必须分开装膛。使用"螺纹剪裁机"的话，可以快速连续射击目标。

还有一点很重要，它有特别的消音设计，如果卸了一体式环绕式消音器，就无法开火。像 P228 手枪一样，它发射的是重型亚音速九毫米子弹。如果子弹速度等于或超过音速，每次发射的子弹就会在穿越音障时发出震耳欲聋的声响，那样的话，就失去了使用消音狙击步枪的意义。

九毫米子弹是钨尖弹头，能够穿透轻型装甲或有防弹功能的墙壁。由于它出膛的初始速度较慢，势能消退的速度也较慢，因此虽然重量轻、体积小，但这支枪的射程和威力都表现非凡。

耶格离开纳洛芙，猫下身子快速移动，绕到了东边。他让自己始终处于房子的下风位置，这样动物就不会因为在风中闻到他的气味而受到惊吓。他尽量紧贴着地面，与安装在地上和掩护物上的探照灯保持着距离，以免被探照灯发现。

耶格在距离房子五十多米的地方停了下来，借助热成像仪观察了一下目标，在脑海中记下里面的人当前的位置。然后他俯卧在地上，把 VSS 狙击步枪的管状枪托顶在肩窝的位置，一只手肘支撑着装了消音器的粗壮枪管。

要论夜间无声杀人，没有多少武器可以与 VSS 相媲美。然而，狙击步枪的好坏还取决于使用它的人。这方面很少有人能比得过耶格，尤其是在黑暗中执行秘密任务的时候。

今晚他要忙碌起来了。

从西边姆比济山脉方向吹来一阵微风。

耶格利用瞄准器调整子弹出膛的角度，以补偿重力和风速对子弹速度的影响。他估计风速大约是五节，所以将瞄准点往目标的左边移了一个刻度。

山脊上的纳洛芙考虑到从此处射击，狙击步枪已经接近其射程极限，于是在瞄准镜里将瞄准点往左边移了两个刻度，又往正上方移了一个刻度。

耶格放缓呼吸，让自己进入狙击手所需要的绝对冷静和专注的状态。他对眼前的挑战不抱任何侥幸心理。他和纳洛芙必须连续击中数个目标，一枪一个，打伤敌人只会打草惊蛇。

此外，还有一个人——那个黎巴嫩大老板——耶格想要活捉。

VSS狙击步枪开枪时，枪口没有明显的火光，所以子弹是从暗处射来的，敌人几乎没有还击的机会。但是只要有人发出一声惊呼，袭击计划就可能泡汤。

"我观察了房子内外，"耶格低声说，"现在外面坐着七个人，里面六个人。总共十三个人，十三个目标。"

"明白。我来解决那七个。"

纳洛芙的回答完全是一副专业杀手的冷漠口吻。如果说耶格认为这世上有比自己还厉害的射手，那这个人可能就是纳洛芙了。在亚马孙丛林那次，她选择的武器就是狙击步枪，耶格对她的能力毫不怀疑。"外面的目标围坐在桌子四周，他们的头和肩膀几乎都暴露在枪口下，"耶格低声说，"你需要射中他们的头部。能做到吗？"

"没问题。"

"你可能没注意到，外面的人正在吸烟。"耶格补充道。

吸烟的人吸气时，带着火光的烟蒂就像燃烧的大头针，照亮了他的脸部，使他更容易成为射击目标。

"应该有人告诉他们——吸烟可能会丧命。"纳洛芙吸了口气。

耶格最后再花了几秒钟，演练了一遍自己要射击房内目标的过程。从他的位置来看，他判断可以通过射穿墙壁，杀死那六个人中的三个。

他仔细研究着那三个人。他猜他们正在看电视，因为他辨认出三个身形围绕着一个发亮的长方形物体坐着。那一定是台平板电视。

他有点好奇，电视上播的是什么呢？足球赛还是战争片？

无论在播什么，对他们来说，节目马上就要结束了。

他决定射击他们的头部。虽然射击身体更容易，因为目标大，但这样更不容易一枪致命。耶格的脑海中已经形成了根深蒂固的狙击原则。狙击的关键是，每一发子弹的射击都不能惊扰目标。

他曾在上厕所时，把这一点以开玩笑的方式告诉过卢克。

耶格冷冷一笑，深深吸了一口气，然后缓缓地呼出。"动手。"

只听"噗"的一声微弱的枪响！他没有迟疑，将

枪口往右一偏，再次开枪，然后向左一偏，射出了第
三枪。

整个过程只用了两秒。

他看到每个人中弹时都是身子猛地一抽，然后就
倒地不动了。那一瞬间，他的眼睛没有离开瞄准镜，默
默地看着，就像一只猫在打量它的猎物。

最后一发子弹穿透墙壁时，传来一阵几乎听不到
的咝咝声。钨头子弹钻出了火花，瞄准镜的中心变得
一片雪亮。他想墙里一定埋有金属——可能是管道或
电线。

时间一分一秒地过去，中弹的人没有发出任何动
静，也不见有人听到动静的迹象。可能是录音机喇叭里
传出的阿拉伯音乐，掩盖了其他声音。

纳洛芙的声音打破了寂静。"七个人全部倒下。我
正从山脊往房前移动。"

"收到，我也开始移动。"

耶格站起身，动作敏捷利落，将武器扛到肩上，
在黑暗中奔跑起来。这样的动作他做过无数次——在部
队搜寻并摧毁对手的任务中，迅速而安静地移动。从许

多方面来说，这次任务让他有轻松自如的感觉。

独自一人。

在黑暗中。

追捕他的猎物。

他绕到房子前面，跳过纳洛芙射中的人的尸体，踢开一把挡路的椅子，往门口奔去。录音机仍在播放音乐，但那七个人再也听不到了。耶格正要破门而入，房门却突然向内打开了，一个身影出现在外面的灯光里。看来是有人听到了可疑的声音，出来查看情况。这家伙肤色黝黑、身强力壮、虎背熊腰，身前随意地端着一把AK47。

耶格边跑边开枪。噗！噗！噗！三发九毫米子弹从"螺纹剪裁机"的枪口射出，钻进了那人的胸腔。

他跳过倒下的身体，向纳洛芙小声报告当前的情况。"我进来了！"

耶格的脑海中同时响起了两个计数的声音，一个声音数到了六：弹匣中二十发子弹已经打了六发。子弹计数很重要，弹匣一旦耗空，他就会听到"致命的咔嗒声"——扣动扳机，却没有子弹射出。

另一个声音在数尸体：倒下了十一个。

他走进灯光昏暗的走廊。灰白色的墙壁上到处污迹斑斑、坑坑洼洼。他的脑海中浮现出偷猎者们拖着象牙走过走廊的画面，象牙上干涸的血迹弄脏了墙面。成百上千根象牙，这里就像一条盲目杀戮的传送带。

这里每一处阴暗的角落，似乎都有许许多多被血腥屠杀的冤魂出没。

耶格放慢脚步，蹑手蹑脚地往前移动，动作如芭蕾舞演员一样优雅，但心中却没有丝毫善意。他右边的一扇门是敞开的，从里面传来冰箱门关上的声音，还有瓶子碰在一起叮当作响。

有个声音大声喊了起来，说的应该是阿拉伯语。耶格唯一听懂的词语是个名字：乔治。

柯尼希和他们说过那个黎巴嫩商人的名字，就是乔治·汉纳。耶格推测是一个手下正在给他的老板取冰镇啤酒。

一个身影从门内走了出来，手里提着几瓶啤酒。他还来不及注意到耶格的存在，眼中也来不及闪过惊讶和恐惧，VSS狙击步枪就再次开火了。

　　两发子弹打进了他心脏正上方的左肩。子弹的冲击力让他不由自主地转了个身，重重地撞到墙上。手上的瓶子掉了下来，酒瓶摔碎的声音在走廊里回荡。

　　一个声音从前方的某个房间里高声传来，语气听起来带着嘲讽，接着是一阵笑声，完全没有惊慌的迹象。喊话的人一定是认为这个取酒的人喝醉了，不小心摔碎了瓶子。

　　随着死者的身体滑向地面，墙上留下了一道红色的血污。他的身体慢慢倒下，发出沉闷的声响。"十二个。"耶格脑海中的那个声音轻轻地说。按理说，现在应该只剩下一个人了——那个黎巴嫩商人。柯尼希曾给他们看过一张那家伙的照片，那家伙的长相已经深深地印到了耶格的脑海里。

　　"进来抓捕贝鲁特。"他低声命令。

　　他们这次任务的联络语言简单明了，只为他们的目标设定了暗号。暗号选择的是黎巴嫩首都的名字。

　　"三十秒后到。"纳洛芙回答。她呼吸急促，向房子入口冲去。

　　有那么一瞬间，耶格很想等着她一起行动。两个大脑两支枪，总比一个人单打独斗好。但是，现在每一秒都很宝贵。他们的目标是消灭这个团伙，终止他们的罪恶行径。

现在要做的是砍下蛇头。

第 六 章

砍下蛇头

耶格停顿了几秒，将半空的弹匣从狙击步枪上卸下，然后装上了一个新的弹匣——以防万一。

他往前走，右前方传来沉闷的电视机声响，电视实况报道的英语单词时不时钻入他的耳朵。足球，英超联赛，一定是。那应该就是他隔墙射杀的三个人所在的房间。他在心里提醒自己，要让纳洛芙去检查一下他们是否已经全部死亡。

他蹑手蹑脚地走向前方半敞的门口，在还剩一步远时，停了下来。里面传来低沉的声音，是说话声，听起来像是在讨价还价，用的是英语。确定无疑，里面不是只有那位黎巴嫩商人。他抬起右腿，用脚将门完全踢开。

在肾上腺素大量分泌，高度紧张、刺激的战斗中，时间似乎过得极慢，一秒钟能长到令人感觉过了一年。

耶格的眼睛扫过整个房间，瞬间就掌握了所有关键的情况。

四个人，有两个坐在桌子旁。

最右边的就是那个黎巴嫩商人。他的手腕上挂着一块劳力士金表，大腹便便，满肚肥肠，无处不彰显他过度放纵的人生。他穿着名牌卡其布狩猎服，尽管耶格怀疑，这人根本没见过真正的非洲丛林。

黎巴嫩商人的对面是个黑人，穿着廉价的有领衬衫、灰色休闲裤和黑色商务鞋。耶格推断他是偷猎团伙的头目。

但是，靠窗站着，面向耶格的两个人才是主要威胁。这两个人全副武装，面目狰狞，无疑是经验老到的盗猎分子——大象和犀牛杀手。

其中一个人身上挂着一条兰博①风格的机枪弹药带，手里端着一挺 PKM 机枪——俄罗斯通用机枪，此枪非常适合在开阔的平原射杀大象，但不适合近距离作战。

另一个人握着一支 RPG-7 火箭筒——老式的俄罗斯造火箭弹发射筒，非常适合摧毁车辆，或炸毁空中的直升机，但不适合在狭窄的房间里对付耶格。

这里空间狭窄的部分原因是一个角落里堆满了象牙，数十根巨大的象牙。每根象牙都是从被他们杀死的动物身上砍下来的，末端血迹斑斑，切口呈锯齿状。

噗！噗！

耶格两枪击中了两个全副武器的偷猎分子，子弹从他们的眉心穿过。他们倒下时，他又朝他们补了六发子弹，一人三发——这些子弹既是为了确保他们死亡，又是为了发泄愤怒的情绪。

他眼角的余光捕捉到了那个黎巴嫩商人伸手去拿枪的动作。噗！

———————————

① 兰博：美国电影《第一滴血》里的人物。

随着一声尖叫响彻房间，子弹射中那个胖男人拿枪的手，在他的手掌上炸出了一个锯齿状的小洞。然后耶格快速转身，瞄准那个非洲黑人近距离射击，子弹同样弹射穿了他的手。

那只手在桌子上乱摸，想要将一堆美钞收起来。这些钞票现在被他的鲜血浸透了。

"抓到了贝鲁特。重复：抓到了贝鲁特。"耶格向纳洛芙报告，"所有的敌人都已经拿下，但请检查右手边第二间有电视的房间。三个敌人，检查他们是否死亡。"

"收到。我现在已经进入走廊。"

"检查完毕后，守住房子入口，以防还有漏网之鱼，或者他们叫了增援。"

耶格将枪口对着因震惊和恐惧而双目圆睁的两张脸。他单手握住狙击步枪，手指放在扳机上；另一只手伸到身后，掏出 P228 手枪，举到身前。他把狙击步枪挂在身前，拿着 P228 手枪指着两人，他需要腾出一只手来处理下面的事情。

他伸手从口袋里掏出一个小巧的黑色长方形设备。

这是一款专业微型摄像机，体积小巧，操作简单。他将其放在桌子上，当着他们的面打开电源开关。就像大多数黎巴嫩商人一样，这个商人一定会说一口还过得去的英语。

耶格笑了，但因带着丝袜，他面具下的五官无法辨认。"表演时间到了，先生们，如果好好回答我的问题，你们还有可能活着。把你们的手放在桌子上，我要看着他们流血。"

黎巴嫩商人摇着头，一副难以置信的模样，眼里写满了痛苦，表情呆滞沉郁。但耶格仍能看出他还不肯服输，因为他很自大，认为自己不可能被人击败。

"天哪，你到底想知道什么？"他喘着粗气问，紧咬牙关，强忍着痛楚。他的口音很重，英语说得结结巴巴，但勉强能听懂。"你到底是谁？"

"我是谁？"耶格吼道，"我是你最可怕的噩梦。我是你的法官、陪审团，也可能是你的刽子手。你看，乔治·汉纳先生，你的生死由我来决定。"

从某种程度上来说，耶格此刻是在演戏，目的是为了恐吓对手。但是，这些人对动物进行屠杀的罪恶行径，也的确激起了他心中的熊熊怒火。

"你知道我的名字？"黎巴嫩商人眼睛圆睁，"你疯了吗？我的手下，我的保镖，你觉得他们会让你活着离开？"

"尸体是不会反抗的。这么说吧，除非你也想加入他们，成为一具尸体。"

那个商人的脸变得扭曲，他咆哮道："我告诉你——去你的。"

耶格并不怎么喜欢他接下来要做的事情，但他需要强迫这个浑蛋开口，早点开口。要打垮他的斗志，就必须这么做。

他猛地把 P228 手枪的枪管向下一沉，往右一偏，开枪射中了那个商人的膝盖。鲜血和打碎的骨头从狩猎服里喷溅出来，商人的身体从椅子上滚了下来。

耶格大步走了过去，俯下身，手枪的枪托砸在商人的鼻子上。一声尖锐的骨头断裂声响起，一股鲜血喷涌而出，顺着他的白衬衫前襟流了下来。

耶格拽着他的头发把他拽起来，然后将他推回椅子上坐着。耶格拔出自己的戈博刀，刀尖向下，用力扎向这家伙那只还完好的手，把他的手钉在了桌子上。

耶格的目光转向那名当地的偷猎头目，面罩后的眼睛射出恶狠狠的凶光。

"你看见了？"他带着怒气低声说，"你要是乱来，这就是你的下场。"

偷猎头目吓得一动不敢动，耶格看到他已经吓尿了。他觉得现在这个程度可以了。

耶格举起枪，黑洞洞的枪口对准了商人的额头。"你想活命，就老实回答我的问题。"

耶格问了一连串的问题，深入挖掘了象牙走私生意的各个细节，得到了以下各方面的信息：出国路线；海外目的地和买家；协助走私的各级腐败官员的姓名，包括机场人员、海关官员、警察，甚至少数政府部长；最后，最重要的银行账户信息。

从黎巴嫩商人那里套取了他知道的所有信息后，耶格伸出手，关闭了微型摄像机，将其装入了自己的口袋。

然后他转过身，朝着乔治·汉纳先生的眉心连开了两枪。

这个黎巴嫩商人的身体翻倒在地,但因手还被钉在桌子上,他带翻了桌子,桌子压住了他的身体。他瘫倒在那堆掠夺来的象牙旁边,一动不动了。

耶格转过身。那名当地的偷猎头目此刻已经吓得全身僵硬、屁滚尿流了,似乎身体里所有的能量都被抽干,身体不受大脑控制了,恐惧已经让他的大脑完全死机了。

耶格弯下腰,凑近对方的脸。"你已经看见了他的下场,我说过,我是你最可怕的噩梦。你知道我要怎么处置你吗?我要让你活着,虽然你从未给过犀牛或大象活着的机会。"

他用手枪的枪托连击了那名男子的脸部两次。耶格是马伽术①行家,他非常清楚徒手打击敌人时,你自己的手也会和敌人一样痛。

想一想牙齿嵌入手指关节,或者因踢到对手坚硬的部位而导致脚趾骨折的情形吧。使用武器总是更好些,可以让你的身体免于伤害,所以,他用了手枪的

---

① 马伽术:以色列军方创立起来的一套徒手格斗体系。

枪托。

"听仔细了，"他用低沉、狠厉的声音说道，"我会让你活着，用你来警告你的同伙们。把我的话带给他们。"他竖起拇指朝着黎巴嫩商人尸体的方向指了指："如果再有一头大象死亡，这就是你们的下场。"

耶格命令那人站起来，推着他走过走廊，来到纳洛芙守卫的入口处。

他将这个倒霉蛋往她跟前一推。"就是这个人策划屠杀了几百头上帝创造的最美丽的动物。"

纳洛芙冰冷的目光射向他。"他是大象杀手？这个人？"

耶格点点头。"没错。我们要带着他一起走，至少走一段路。"

纳洛芙拔出刀。"你要是有一点不老实，我就把你的肠子挖出来。"

耶格又退回屋内，向厨房走去，在那里找到了一个类似炉子的东西：一个连接着煤气罐的环形燃烧器。他伸手把煤气开关拧到"开"的位置，听到咝咝的气流声。然后他走到外面，拿起点燃的防风灯，将其放置在走廊的中间。

他匆匆离开房子，冲进黑暗里，这时，他突然想到了什么。他很清楚，他们近期的行动远远违背了法律规定，但为什么他没有感到愧疚不安呢？在目睹了大象被屠杀的现场之后，是与非的界限已经变得有些模糊了。

他想要弄清楚这到底是好事，还是说明他的道德取向出现了问题。道德准则变得模糊不清，抑或变得特别清晰？从某种意义上来说，他现在比以往要看得更加清楚。如果他听从的是自己内心的声音，他就不应怀疑自己所做事情的正确性。

如果你与魔鬼联手，像偷猎团伙那样，瞄准的是手无寸铁的人或动物，那么等待你的必定是惩罚。

耶格伸手关掉了微型摄像机。他、纳洛芙和柯尼希坐在柯尼希的房间里。他们刚刚看了乔治·汉纳的供认录像，那段从头到尾都充满血腥的录像。

"全都在这里了，"耶格说着，将摄像机交给了柯尼希，"都交给你。你来决定怎么处置它。但不管怎么样，一个非洲偷猎集团已经被消灭了。"

还处于震惊中的柯尼希摇着头。"你们不是开玩笑吧，是你们将整个走私团伙一网打尽的。这是一次彻底改变动物保护事业现状的行动，还有助于当地野生动物保护组织的蓬勃发展。"

耶格笑了。"是你打开了门，我们只是给合页上了油。"

"法尔克，你起了关键作用，"纳洛芙补充说，"活干得非常漂亮。"

从某种程度上说，柯尼希的确发挥了关键作用。他是耶格和纳洛芙的后盾，看守着他们撤离的车辆，从而在那栋弥漫着煤气的房子爆发出熊熊大火，烧毁所有证据之前，他们得以快速离开。

柯尼希很是感激，一把拿起摄像机。"这个，将改变一切。"他深深地看着他们，"我觉得我一定可以做点什么来报答你们。这本不是你们的战争，你们却为此而战斗。"

现在是时候了。"你知道的，是有一件事，"耶格试探着说，"那架 BV222，山洞里的战机，我们想进去看看。"

柯尼希的脸沉了下来，他摇了摇头。"啊，这个……这不可能。"他顿了一下，"你们知道，我刚刚接到了老板的电话。卡姆勒先生，他时不时会来检查。我不得不向他报告了你们的……违规入侵行为，误入他在山里的领地。他很不高兴。"

"他有没有问你是否逮捕了我们？"耶格问。

"问了。我告诉他不可能逮捕你们。我怎么能逮捕两名没有违法乱纪的外国人呢？尤其他们还是花钱住宿的客人。这显然说不过去。"

"他怎么回应的？"

柯尼希耸耸肩。"一如既往，火冒三丈，大叫大嚷了好一阵。"

"然后呢？"

"然后我告诉他，你们策划了一个打击偷猎团伙的计划，你们是野生动物爱好者，真正的动物保护主义者。那之后，他似乎没那么紧张了。但他重申：BV222飞机禁止所有人进入，除了他自己和……其他一两个人。"

耶格盯着柯尼希，眼神充满疑问。"其他人是谁，法尔克？他们是谁？"

柯尼希避开了他的眼神。"啊……就是其他人。具体是谁无所谓。"

"你可以进飞机里面，对不对，法尔克？"纳洛芙问，"你一定可以。"

柯尼希耸了耸肩。"好吧，是的，我可以。我曾进去过，以前的时候。"

"所以，你能安排我们参观一下吗？"她追问，"就当作报答。"

作为回答，法尔克伸出手，从桌子上拿起一样东西。是一个旧鞋盒。他犹豫了几秒，然后把它递给了纳洛芙。

"给，拿去吧，是录像。全是在 BV222 里拍摄的。有好几十盒。我觉得那架飞机内的每一处我都拍到了。"柯尼希带着歉意地耸了一下肩膀。"你们给了我一段我愿意付出任何代价拿到的录像，这是我能提供的最好回报。"他顿了顿，然后快速看了一眼纳洛芙，露出一个痛苦的表情，"但是，请答应我一件事，这些录像请你们离开这里后再看。"

纳洛芙注视着他的眼睛。耶格看得出来,她的眼神里有同情。"好的,法尔克,但这是为什么呢?"

"因为……那架水上飞机,涉及一些隐私。"他耸了耸肩,"等你们离开之后再看吧。我就这一个要求。"

耶格和纳洛芙点头同意了。耶格并不怀疑柯尼希的真诚,他很想早点看一看录像带上的内容。他们开车离开后,可以在某个地方停下来先看几盒。

不管怎样,他们现在已经知道藏在山洞里的是什么了。有需要时,他们可以随时返回,强行空降到那里,然后找到那架战机。

但现在首先是要睡觉。耶格渴望好好睡一觉。紧张的袭击行动一结束,他的身体便松懈下来,一阵又一阵的疲倦感向他袭来。

毫无疑问,今晚他会睡得像个死人。

第 七 章

柯尼希的秘密

先醒来的是纳洛芙。她一把抓起床垫下的 P228 手枪。她听到一阵猛烈的敲门声。

现在是凌晨三点三十分，这个时间点被人从沉睡中叫醒可不是什么好事。她来到门口，把门猛地拉开，拿枪顶到一个人的脸上……是法尔克·柯尼希。

纳洛芙一边冲咖啡，一边听愁眉苦脸的柯尼希解释他来的原因。据他说，在他向卡姆勒报告了耶格他们闯入山洞的消息后，卡姆勒要求查看一下拍到的监控视频。柯尼希没有想太多，于是通过电子邮件把一些视频片段发了过去。他刚刚接到了一个电话。

"老板似乎很激动，很紧张。他希望我能留住你们，至少再留二十四小时。他说，通过你们成功打击偷猎团伙的事，他认为你们是他用得上的人。他说他想聘用你们。他还告诉我，只要能留住你们，可以动用一切必要手段。如有必要，甚至可以破坏你们的车辆。"

耶格毫不怀疑卡姆勒已经认出了他。看来他金黄色头发的装扮似乎并不像法尔肯哈根的人想的那样安全保险。

"我不知道要怎么办，只能来告诉你们。"柯尼希跪在地上，弓着身子，一副疼痛难忍的样子。耶格觉得这是紧张引起了他的内脏痉挛。他稍稍抬起头，看着他们两个："我觉得他要把你们留下来不是出于什么好心。我害怕他是在撒谎。他的声音里有一丝……一丝……捕猎者嗜血的气息。"

"那么，法尔克，你有什么建议？"纳洛芙问。

"你们必须离开。卡姆勒先生说得上是手眼通天。你们赶快离开这里，但是要换一辆卡塔维的丰田车。我会派我的两个手下开着你们的路虎车去另一个方向。路虎车将会成为假目标。"

"你确定那两个人会愿意做诱饵吗？"耶格问，"陷阱里的诱饵。"

法尔克耸了耸肩。"也许吧。但是你看，我们这里的工作人员并不都如他们看起来的那样忠诚。几乎所有人都接受过偷猎团伙的贿赂，并不是所有人都意志坚定。对有些人来说，诱惑太大了。我要派去开路虎车的人是出卖过我们的许多秘密的人，他们手上沾满了许多无辜生命的鲜血，所以即使有什么事发生，也是……"

"天谴？"纳洛芙接话，帮他把话说完。

他微微扯出个笑容。"差不多，没错。"

"你有很多事情没告诉我们吧，法尔克？"纳洛芙试探着问。"这位卡姆勒先生，他在山里有战机，你很怕他。"她顿了顿，"你知道，和别人说一说心里的事可以让自己更加轻松，也许我们可以帮助你。"

"有些事永远都改变不了，"法尔克低声说，"别人也帮不了。"

"好吧，为什么不先说一说你为什么怕他？"纳洛芙不依不饶。

柯尼希紧张地扫了一眼周围。"好吧，但别在这儿说。我在你们的车旁边等你们。"他站起身要离开，"你们走的时候不要叫服务员，自己拿好行李。我也不知道我们能信任谁。我会说你们是在夜里偷偷走的，请配合我，让我的故事可信一点。"

十五分钟后，耶格和纳洛芙已经收拾好行李。他们的行李不多。袭击偷猎团伙时使用的装备和武器已经全都交给了法尔克。他不久后就会开车把这些东西运往坦噶尼喀湖，把东西都扔进湖里，让人永远找不到。

他们来到旅馆的停车场。柯尼希在那里等着他们，边上还有一个人，是乌里奥，那个副驾驶。

"这是乌里奥，你们认识，"柯尼希说，"我绝对信任他。他会开车送你们往南走，往马孔戈洛西的方向——没有人会走那个方向离开。他把你们送上飞机后，再开车回来。"

乌里奥帮他们把行李装进丰田车的后备厢，然后拉住了耶格的胳膊。"我的命是你救的。我会带你们离开这里，有我开车，会没事的。"

耶格向他道了谢。柯尼希领着他和纳洛芙走到阴影里，一边走一边说，声音低得有如耳语，他们得靠得很近才听得清。

"是这样的，这里还有一桩你们不知道的生意，卡塔维保护区灵长类动物有限公司，简称 KRP 公司。这个公司是卡姆勒先生的，从事猴子出口生意。正如你们所看到的，猴子在这里四处捣乱，令人无比厌烦。"

"然后呢？"纳洛芙催促他往下说。

"首先，KRP 公司对这桩生意严格保密，保密程度说得上前所未有。围猎猴子的事是在这里进行的，但出口却是通过其他地方——一个我从未去过的地方，甚至不知道它的名字。这里的工作人员去那里都是蒙着眼睛坐飞机去的。他们看见的只有一条泥地飞机跑道。在那里，他们把装着动物的箱子卸下飞机。我一直很疑惑，为什么需要这么严格的保密工作呢？"

"你没问过吗？"耶格试探着问。

"问过。卡姆勒先生只是说这一行市场竞争非常激烈，他不想让商业对手知道出口前他的猴子来自哪里。他们要是知道了，他说那些人可能会让那些动物染上疾病。出口一批生了病的灵长类动物对生意很不利。"

"出口到什么地方？"耶格问。

"美国、欧洲、亚洲、南美……全世界的主要大城市，凡是有用灵长类动物进行药物测试的医学实验室的地方。"

柯尼希沉默了片刻。即使光线微弱，耶格也能看出他很不安。"多年来，我都选择相信他——这是合法的生意。直到……一个男孩的出现。公司包机将猴子送到出口公司，用的是'水牛'运输机，你们知道吧？"

耶格点了点头。"用于往交通不便的地方运送货物。美军常用，能运载约九吨的货物。"

"没错。用它运送灵长类动物的话，大约可以运一百只装在笼子里的猴子。'水牛'运输机将灵长类动物从这里运送到出口商行。它满载而去，空舱返回。但六个月前，令人出乎意料的是，它返回时上面藏了个偷渡者。"

柯尼希的语速更快了，好像是既然已经开了口，就想尽快把所有的话都倒出来。"偷渡者是个约十二岁的孩子，来自肯尼亚内罗毕贫民窟。你们知道那里的贫民窟吗？"

"知道一点，"耶格说，"听说很大，住着几百万人口。"

"至少一百万。"柯尼希顿了一下，"当时我不在这里，我在休假。这孩子偷偷溜下飞机，躲了起来。我的工作人员找到他时，他已经半死不活了。但是贫民窟的孩子被训练得皮糙肉厚，因为在贫民窟，如果你能活到十二岁，你就是个真正的幸存者。"

"他不知道自己的确切年龄，贫民窟里的孩子们往往都那样，毕竟很少有机会庆祝生日。"柯尼希身子抖了一下，好像下面他要说的话让他不寒而栗，"这个男孩告诉了我的员工一个令人难以置信的故事。他说他是一群被绑架的孤儿中的一个。这没什么稀奇的，贫民窟的孩子被这样卖掉——这种事一直都有发生。"

"但是这个孩子的故事……非常奇特。"柯尼希用手抓了抓自己乱糟糟的头发，"他说他们有几十个人，被绑架后被飞机运到了一个神秘的地方。起初，情况没那么糟糕。他们有吃有喝，有人照料。但是后来有一天，他们被注射了某种药物。"

"他们被关在一个巨大的密闭房间里。进入这里的人都穿着特殊的衣服，孩子们称之为太空服。他们通过墙上的洞口给孩子们送饭。一半的孩子被注射过药物，另一半没有。接着，没有接受注射的那一半孩子开始生病。"

"起初，他们只是打喷嚏流鼻涕。"柯尼希干呕了一声，接着说，"随后，他们的眼睛变得目光呆滞，并且开始发红，看起来就像僵尸，像活死人。"

"但是，你们知道最糟糕的是什么吗?"柯尼希的身子又抖了一下，"那些孩子……他们死的时候眼里流着血。"

这位大个子德国动物保护主义者把手伸进口袋里摸索，然后他塞给纳洛芙一样东西。"是个 U 盘。里面有那个孩子的照片。他在我们这里时，我的员工拍了一些照片。"他的目光从纳洛芙脸上转向耶格，"我无能为力，这件事超出了我的能力范围。"

"继续，接着说。"纳洛芙催促他。

"没有太多可说的了。那些没有注射药物的孩子全都死了，而注射了药物的孩子活了下来。他们被赶了出来，赶进了边上的丛林里，丛林里挖好了一个巨大的坑。他们在那里被枪射杀，然后被铲进了坑里。那个男孩没有被枪射中，但他也倒到了尸体中间。"

柯尼希压低了声音说："想象一下——他被活埋了。晚上的时候，他想办法挖出一条通道逃了出来。他来到了机场，爬上了'水牛'运输机。运输机把他带到了这里……剩下的你们都知道了。"

纳洛芙伸出一只手，放在了柯尼希的胳膊上。"法尔克，你一定还有别的没想起来。想一想，这非常重要。看能不能想起任何细节。"

"可能还有一点。那个孩子说，在飞过来的途中他们飞越了大海。所以他认为这一切都发生在某个岛上。这也是为什么他觉得自己必须登上飞机才有机会离开那里。"

"哪里的岛？"耶格追问，"想一想，法尔克，任何细节，不论是什么。"

"这个孩子说飞机从内罗毕起飞后，到那里大约需要两个小时。"

"'水牛'运输机的巡航速度为每小时三百英里，"耶格说。"这意味着那个地方一定位于内罗毕周围六百英里范围以内，就是印度洋上的某个地方。"他顿了一下，"你知道他的名字吗？那个孩子的名字？"

"西蒙·查克斯·贝洛。西蒙是他的英文名字，查克斯是他的非洲名字，是斯瓦希里语，意思是'上帝的伟大壮举'。"

"哦，那个孩子后来怎么样了？他人在哪里？"

柯尼希耸了耸肩。"他回贫民窟了。他说那是唯一让他觉得安全的地方。他在那里有家，他指的是贫民窟大家庭。"

"好吧，那内罗毕贫民窟有多少个西蒙·查克斯·贝洛？"耶格若有所思地问。这问题既是问柯尼希，也是问他自己，"叫这个名字的十二岁男孩，我们找得到他吗？"

柯尼希又耸了耸肩。"可能有几百个。贫民窟的人都是自己照顾自己。是肯尼亚的警察围捕了这些孩子，为了几千美元把他们卖了。贫民窟的生存法则是：不要相信任何人，更不要相信当权者。"

耶格快速看了一眼纳洛芙，然后又看向柯尼希。"那么，在我们两个人变成灰姑娘离开之前，还有什么需要知道的吗?"

柯尼希脸色难看地摇了摇头。"没有了。我想就这些了,够了吧?"

他们三个人走回车辆所在的位置。到了车跟前,纳洛芙往前两步,僵硬地拥抱了一下这个大个子德国人。耶格突然想起,他很少看见她主动拥抱别人。一个发自内心的拥抱。

这是他第一次见到。

"谢谢,法尔克,谢谢你做的一切,"她对他说,"特别感谢你在这里做的一切。在我眼里,你是个……英雄。"她笨拙地亲了他一下,向他道别,他们的头碰到了一起。

耶格爬进那辆丰田车里。乌里奥已经坐到了方向盘后面,发动了引擎。过了一会儿,纳洛芙也上了车。他们正要离开,她伸手又拦住了他们。她透过开着的侧窗盯着柯尼希。

"你很担心,对吧,法尔克? 还有别的? 还有别的什么事要说吗?"

柯尼希迟疑着。他内心显然正在做心理斗争。然后，他似乎下定了决心。"有件事情……很奇怪，它一直折磨着我。去年，卡姆勒先生告诉我，他已经不再为野生动物担心了。他说：'法尔克，让一千头大象活着。一千头就够了。'"

他停顿了一下。纳洛芙和耶格也没有催促。给他一点时间。丰田车的柴油发动机发出有节奏的声响，等着这位动物保护主义者鼓足勇气往下说。

"他来这里时，很喜欢喝酒。我想是因为在这个与世隔绝的地方，他觉得很安全，这里是他的保护区，这里有他的战机。"柯尼希耸了耸肩，"上次他来这里时，他说：'没有什么可担心的了，法尔克，我的孩子。我掌握了所有问题的终极解决方案。结束一切，重新开始。'"

"你知道，从很多方面来看，卡姆勒先生都是个好人，"柯尼希往下说，为自己的老板说好话，"他对野生动物的热爱是真的，至少曾经是真的。他谈到了他对地球的担忧，谈到了物种灭绝，还谈到了人口过剩危机。他说我们人类就像瘟疫，人口的增长需要节制。当然，他的观点也有一定的道理。"

"但他也让我特别愤怒。他说这里的人——这些非洲人，我的员工、我的朋友——是野蛮人。他痛惜黑人继承了天堂，而黑人却决定要屠杀所有的动物。但你们知道是谁买了象牙和犀牛角吗？你们知道是谁导致屠杀的发生吗？是外国人。所有的东西都被走私到了海外。"

柯尼希皱起了眉头。"你们知道吗？他把这里的人称为'劣等人'。从他嘴里听到这个词以前，我一直认为这个词已经没有人用了。我以为这个词已经和纳粹一起消亡了。但是，当他喝醉的时候，他就是这么说的。你们应该知道这个词的意思，是吧？"

"'劣等人''劣等民族'。"耶格给出了肯定的回答。

"是的。我敬佩他建立了这个保护区，在这里，在非洲。做这些事真的很不容易。我钦佩他在环境保护方面的言论——说我们出于盲目的无知和贪婪，正在毁掉地球。但是，我也讨厌他可怕的纳粹主义观点。"

"你需要离开这里，"耶格轻声说，"你需要找到一个新地方，仍然从事目前所做的工作，但是要跟好人一起做事。这个地方——卡姆勒——会吃了你，把你嚼碎，然后再吐出来。"

柯尼希点了点头。"或许你说得对，但我喜欢这里。世界上还有和这里一样的地方吗？"

"没有，"耶格说，"但是你还是需要离开。"

"法尔克，这个天堂里有罪恶，"纳洛芙也说，"而罪恶来自卡姆勒。"

柯尼希又耸了耸肩。"也许吧。但是我在这里投入了全部心血。"

纳洛芙注视着他好一会儿。"法尔克，为什么卡姆勒觉得他可以信任你，让你知道那么多事情？"

柯尼希低下了头。"我也是德国人，也是野生动物爱好者。我管理这个地方——他的保护区。我为了他而战。"他的声音变得有些颤抖。很明显，他现在正要触及问题的核心："但最重要的是……最重要的是我们是一家人。我是他的骨肉。"

这个高高瘦瘦的德国人抬头看了他们一眼，眼窝深陷，满脸痛苦。"汉克·卡姆勒，是我的父亲。"

第八章

飞往内罗毕

在非洲平原的上空，通用动力公司的MQ-9"死神"无人机——MQ-1"捕食者"无人机的下一代——正准备进行致命收割。无人机的球状机头部向地面发射出一束无形的光束，这是无人机在发射激光锁定目标。

下方约两万五千英尺①的地面上，一辆门上印有"狂野非洲探险"的白色路虎车向前艰难行驶着，里面的人完全不知道危险即将来临。

---

① 英尺：英美制长度单位，1英尺 = 0.3048米。

他们凌晨一醒来，就被派去执行紧急任务。他们要驱车前往最近的机场，去那里取"河马"直升机的配件。机场位于卡塔维以北约二百英里的基戈马。

至少柯尼希是这么和他们说的。

太阳刚升起不久，他们离机场就只有一个小时左右的路程了。他们想尽快完成差事，因为他们打算在返回途中额外耽搁一下。他们有消息要传递给当地的偷猎团伙，这些消息又可以为他们赚不少钱。

"死神"无人机的激光锁定路虎车后，机上抓着GBU-12"铺路者"激光制导炸弹的卡钳松开了。光滑的铁灰色炸弹从无人机的侧翼向下坠落，其制导系统锁定的目标是射在路虎车上的激光点。

炸弹尾部的几片尾翼展开，以更好地执行制导功能。尾翼根据车辆的移动方向进行细微调整，不断修正炸弹的飞行轨迹，引导着智能炸弹蜿蜒飞行。

根据"铺路者"激光制导炸弹制造商雷神公司的说法，GBU-12激光制导炸弹的径向误差是三点六英尺。换句话说，"铺路者"炸弹击中的位置偏离激光点不会超过四英尺。由于正穿过非洲灌木丛的路虎车宽五英尺，长十三英尺，因此即便有误差，也完全可以击中。

炸弹释放后仅数秒，就穿透了车辆扬起的灰尘。

巧合的是，这枚炸弹没能像其他同类炸弹那样表现优异，它猛地一头扎进离路虎车三英尺远的非洲大地上，刚好错过车辆的左侧翼板。

但这并不阻碍它完成杀人使命。

"铺路者"炸弹发生威力巨大的爆炸，冲击波带着锯齿状锋利的弹片排山倒海般扫向路虎车。路虎车不断翻滚，仿佛有只巨手抓住了它，要将其摧毁。

车辆翻滚了好几圈，最后侧面着地停了下来，立刻蹿起了熊熊大火。饥饿的火焰迅速包围了扭曲变形的车体，吞噬了里面那两个倒霉鬼。

在大约八千英里外的美国华盛顿，汉克·卡姆勒正伏在办公室开着的电脑屏幕前，观看"死神"发动袭击的现场直播。

"再见，威尔·耶格先生，"他低声说，"可算摆脱你了。"

他伸手在键盘上按了几个键，调出了加密的电子邮件。他写了一封短邮件，里面附上了低分辨率的"地狱之火"袭击视频。接下来，他点击鼠标，启动了军用级别的加密网络电话软件。通过该软件，卡姆勒可以向世界上任何地方的任何人拨打电话，且无法被追踪到。

加密网络电话响起特有的铃声，有人接起了电话。

"史蒂夫·琼斯。"

"'死神'袭击任务完成，"卡姆勒说，"我刚刚通过电子邮件给你发送了一段视频，视频里包含GPS定位的坐标。你乘坐卡塔维旅馆的车辆去查看一下，在车辆的残骸里找一找，确认一下死者是不是他们。"

史蒂夫·琼斯皱起眉头。"我好像听你说过要慢慢折磨他，时间越长越好。你现在这样，剥夺了我们复仇的机会。"

卡姆勒的表情变得冷酷。"确实如此。但他离我们越来越近了。耶格和他那漂亮的小搭档找到了卡塔维。这太近了。所以我再说一遍：我需要确定他们的尸体就在那辆车的残骸里。如果他们设法逃脱了，你要去追踪，并杀了他们。"

"我这就去。"琼斯接受了任务。

　　卡姆勒切断了连线，靠到椅子后背上。从某种程度上说，不能再折磨威尔·耶格确实令人遗憾，但有时，他自己也有点厌倦了这场游戏。不知何故，他觉得让耶格死在卡塔维很合适。这里是汉克·卡姆勒最喜欢的地方，一想到即将要发生的事情，他就觉得这里是他的庇护所。

　　史蒂夫·琼斯注视着他的手机，眉头深锁，粗犷野蛮的五官皱到了一起。"水獭"双引擎轻型飞机飞过非洲大草原，受到炽热气流的影响，飞机开始颠簸晃动起来。

　　琼斯开始诅咒起来："耶格已经死了……来这里有什么意义？让我来给他们收尸，收集烤熟的尸块残肢……"

　　他意识到正有人看着他。他看向驾驶舱，飞行员——一个名叫法尔克·柯尼希，看起来不太聪明的德国佬——正目不转睛地盯着他。他显然一直在偷听。

　　琼斯脖子上的血管开始剧烈地跳动，衬衫下的肌肉开始变得紧绷。

　　"干什么？"他朝着对方咆哮，"看什么看？做好你的事，驾驶好这该死的飞机。"

耶格不断摇着头，还没有从之前的震惊中缓过神来。"你想到过吗？"

纳洛芙坐回座位上，闭上了眼睛。"想到什么？在过去的几天里，发生了太多出人意料的事情。我很累，我们还要坐很长时间的飞机，我要睡一会儿。"

"法尔克是卡姆勒的儿子这件事。"

纳洛芙叹了口气。"我们应该想到的。我们显然没有认真听法尔肯哈根的简报会。党卫军将军汉斯·卡姆勒被美国人招募后，被迫改名为霍勒斯·柯尼希。他的儿子将姓改回了卡姆勒，以传承家族的荣耀。卡姆勒将军的孙子显然不认为那是什么荣耀，所以决定用回柯尼希，法尔克·柯尼希。"

她向耶格投去一个鄙夷的眼神。"他自我介绍的时候，我们就应该想到。所以，睡觉吧，睡觉可能会让你变得聪明一点。"

耶格做了个鬼脸。还是原来的伊琳娜·纳洛芙。从某些方面来说，他觉得有点遗憾。他还是觉得卡塔维的伊琳娜·纳洛芙更可爱。

他们包了一架轻型飞机，从马孔戈洛西当地的小机场直飞内罗毕。他们计划一着陆就去寻找西蒙·查克斯·贝洛，也就是说，他们要前往内罗毕贫民窟——一个混乱而又无法纪的地方。

纳洛芙盖着航空毯，身子翻来覆去。她睡不着。小型飞机受到强气流的影响，颠簸得很厉害。她打开阅读灯，按下呼叫按钮。空姐走了过来。这是私人包机，他们是飞机上唯一的乘客。

"有咖啡吗？"

空姐露出笑容。"有的。要什么样的？"

"热乎的黑咖啡。不加奶不加糖。"纳洛芙看了耶格一眼，他也还在努力入睡，"两杯。"

"好的，女士。马上就来。"

纳洛芙用胳膊肘碰了一下耶格。"你也没睡着吧。"

耶格咕哝着说："一直没睡着。我记得你说过你想要好好休息的。"

纳洛芙皱起眉头。"我脑子里想起的事情太多了。我已经要了——"

"咖啡。"耶格接着她的话说完，"我听到了。"

"他想做什么？我们把这个谜团的所有相关部分放

到一起，看看能否拼出什么答案来。"

耶格试图驱散脑海中的睡意。"嗯，我们先去找那个孩子，核实他口中的故事。然后，我们赶回法尔肯哈根，好好利用那里的资源和专业知识。要采取进一步的行动，我们需要补充人员和设备。"

咖啡上来了。他们安静地坐着，细细品尝着咖啡。

纳洛芙打破了沉默。"我们到底该怎么去找那个男孩呢？"

"你看到了戴尔发来的信息。他认识贫民窟里的人。他会在那里跟我们碰头，然后一起去找到那个孩子。"耶格顿了一下，"前提是他还活着，如果他愿意说实话，如果真的有这么个人。很多不确定因素。"

"戴尔与贫民窟有什么联系？"

"几年前，他做过志愿者，教贫民窟的孩子们学摄影。他与一个名叫朱利叶斯·姆布鲁的人合作，这个人在贫民窟长大，曾是个小混混，但后来他幡然醒悟，改邪归正了。如今，他经营姆布鲁基金会，教孤儿们摄像和摄影技巧。戴尔让他利用他在贫民窟的关系网寻找那个孩子。"

"他有把握帮我们找到他吗？"

"有希望，但没把握。"

"这只是个开始。"纳洛芙停顿了一下，"你对法尔克的录像有什么看法？"

"你是说他拍的家庭录像？"耶格摇摇头，"他的爸爸是个变态的浑蛋。想象一下吧，在山洞里的 BV222 战机上给儿子举办十岁生日派对，一群老家伙教法尔克和他的朋友们行纳粹礼，孩子们穿着皮短裤，墙上挂满了纳粹旗帜。难怪法尔克会反对他。"

"那架 BV222 战机，可以说是卡姆勒的神殿，"纳洛芙轻声说，"他那所谓千年帝国的神殿，供承的是那个从未真正存在过的，但他希望终有一天会开创的帝国。"

"看起来是这样。"

"卡姆勒的那个岛怎么找呢？如果那个孩子说的是真的，我们怎样才能找到岛的位置？"

耶格喝了一大口咖啡。"很困难。离内罗毕六百英里的半径范围内有数百个岛，也许有数千个。但是，我的朋友朱尔斯·霍兰已经在着手调查了。他们会把他带到法尔肯哈根，然后他会继续调查。相信我，如果有人能找到那个岛，那必定是他。"

"如果那个孩子的故事是真的，"纳洛芙追问，"这说明什么？"

耶格注视着远方，望向未来。尽管他试图表现得不以为意，但他仍然无法控制声音中的担忧和紧张。

"如果那个孩子说的是真的，卡姆勒已经对戈特病毒进行了优化和测试。没有接种疫苗的孩子都死了，意味着它的致死率又接近百分之百。它又一次成了强大的上帝病毒。所有接种疫苗的孩子都活了下来，看来他已经研制出了解药。他现在只需要一个病毒传播系统。"

"如果他打算用这个病毒的话。"

"法尔克的话里有迹象表明他打算要用。"

"那么，你认为他现在离成功还有多久？"

"法尔克说那个孩子是六个月前逃跑的，所以卡姆勒至少已经研究了六个月如何投放病毒。他需要确保病毒可以通过空气传播，这样才能保证短时间内大范围传播开来。如果他破解了这一点，他的梦想就接近成功了。"

纳洛芙变了脸色。"我们最好找到那个岛，越早越好。"

他们点了一份航空餐，结果出奇地好吃。虽然是事先包装好的冷冻食物，但是经过微波炉加热，吃起来味道相当不错。纳洛芙选择了海鲜拼盘——一盘熏鲑鱼、对虾加扇贝，再配上牛油果沙拉酱。

耶格好奇地看着她把每样食物都堆到盘子边，再以看似精确的方式重新排列。这不是他第一次看到她这么将食物分开。她在进食前，似乎必须将每一样食物都移到另外的地方，让其不与其他的食物接触。

他朝着她的盘子点了一下头。"看起来不错。但是为什么要把熏鲑鱼和沙拉酱分开呢？你是担心它们会打架吗？"

"不同颜色的食物应该严格分开，"纳洛芙回答，"最糟糕的是红绿色混在一起，就像鲑鱼和牛油果放在一起。"

"好吧……但是为什么呢？"

纳洛芙看了他一眼。过去几天共同执行任务，一起历经艰难困苦，感受喜怒哀乐，她内心坚硬的棱角似乎柔软了一些。

"专家说我有自闭症，虽然天赋异禀，但却有自闭症。有人称之为阿斯伯格综合征。他们说我的大脑连接方式不一样。因此，我才会认为红色和绿色的食物不能混在一起。"她瞥了一眼耶格的盘子，"我不介意被人贴标签，但老实说，你像搅拌水泥一样把食物翻来拌去让我很不舒服。把半熟的羊肉和青豆配在一起，用叉子吃，我想说的是，你怎么能这么做呢？"

耶格大声笑了起来。他就喜欢她话锋一转，突然针对他的样子。

"卢克曾经有个朋友——他最好的伙伴，叫丹尼尔——就有自闭症。他就是霍兰的儿子，是个很厉害的孩子。"他顿了顿，有些愧疚，"我刚才说'曾经有个朋友'，实际上我是想说'有个朋友'。卢克有个朋友，是现在时，他还活着。"

纳洛芙耸了耸肩。"用错时态并不影响你儿子的命运，也不会决定他的生死。"

要不是耶格已经习惯了纳洛芙的说话方式，他可能会出手打人。她的评论一贯如此：缺乏同情心，不合时宜，听起来别扭。

"真是要谢谢你的见解，"他回击，"更要感谢你的同情。"

纳洛芙耸了耸肩。"你看，这就是我不理解的地方。我认为自己说的是我应该说的，合情合理，且对你有所帮助。但从你的角度来看呢？我刚才很粗鲁？"

"是的。"

"许多自闭症患者非常擅长某一件事，在某方面天赋异禀。他们称之为专才。这些人有的数学或物理特别厉害，有的记忆力惊人，有的艺术创造力很强。但是其他事情，我们往往不太在行。理解所谓正常人的想法并不是我们的强项。"

"那你在哪方面天赋异禀？不善言辞吗？"

纳洛芙笑了。"不至于。我知道我很难打交道，我很清楚这一点，这也是为什么我看上去好像戒备心很强。但你别忘了，我认为你也很难打交道。比如说，我不理解为什么我发表一点涉及你儿子的看法，你就会很生气。对我来说，这是明明白白的事，这样说合情合理，我的目的也仅仅是想帮忙。"

"好吧，我懂了。但是你还没有回答，你哪方面天赋异禀？"

"有一件事我很擅长。我也痴迷于这件事。那就是狩猎，就是我们目前执行的任务。从本质上来看，你可以说是杀戮。但我不这么看。我认为这是在消灭地球上可怕的邪恶势力。"

"介意我再问一个问题吗？"耶格继续说，"这个问题有点涉及……隐私。"

"对我来说，这一整段对话都涉及隐私。我一般不和别人说起我的……天赋。你看，这就是我的想法。我认为自己确实很有天赋，非凡的天赋，我从未见过其他的人——其他的猎人——有我这样的天赋的人，"她顿了一下，看着耶格，"直到遇见你。"

他举了举咖啡。"我要为此干杯，为了我们——猎人间的兄弟情。"

"兄妹情，"纳洛芙纠正他道，"所以呢，你的问题是？"

"你说话为什么这么奇怪？我指的是，你的声音很奇怪，语调没有起伏，像机器人在发声，几乎不带感情。"

"你听说过仿语症吗？没有吧，大多数人都没听说过。想象一下，当你还是个孩子的时候，你听别人说话，但你能听到的只有词语，你听不到重音、节奏，语言的诗意或情感——因为你就是听不出来。你理解不了不同情感带来的语调变化，因为你的大脑连接方式就不太一样。我就是这样，通过言语模仿——只是模仿，并不理解——学会了说话。

"我成长的过程中，没有人能理解我。我的父母曾经让我坐在电视机前，让我听标准的英式英语，也听美式英语。我妈妈也曾经为我播放俄语电影。我不能区分口音，也不理解屏幕上的人说的话，但这并不影响我模仿他们。因此，我的口音是多种语言变体的大杂烩，不属于任何一种。"

耶格又用叉子扎起一块多汁的羊肉，想再加上一点青豆，但又立刻抵抗住了这么做的冲动。"那俄罗斯特种部队又是怎么回事？你说你曾在俄罗斯特种部队服役过？"

"我的外祖母，索尼娅·奥尔沙涅夫斯基战后移居英国。我在英国长大，但我的家人从未忘记俄罗斯是我们的祖国。苏联解体后，我母亲带着我们回到了俄罗斯。我在那里完成了我大部分的学业，然后加入了俄罗斯军队。我还能做点别的什么呢？但是，我从来没觉得自在过，即使在特种部队也是如此。那里有太多愚蠢的、机械的规则。我只在一个地方真正觉得自由自在：那就是在秘密猎人组织里。"

"我要为此干杯，"耶格说，"为秘密猎人——愿我们的使命早日完成。"

没过多久，吃饱喝足后的他们睡着了。耶格醒来时，发现纳洛芙紧紧依偎着他，她的胳膊挽着他，头靠在他的肩膀上。他能闻到她头发的香味，甚至能感觉到她的呼吸轻轻吹在他皮肤上的触感。

他意识到自己不是特别想抽身离开，他已经越来越习惯他们之间的这种亲密关系。但他又感到了一丝愧疚。

他们去卡塔维时，扮成了一对去蜜月旅行的夫妻，离开时确实像是一对夫妻。

第 九 章

蠢蠢欲动

一架看起来破旧不堪的波音 747 飞机滑行进入了伦敦希思罗机场的货运楼。唯一值得注意的地方是，它的侧面并没有常见的一排舷窗。

这是因为空运的货物通常不是活物，所以要窗户有什么用呢？

但今天的货物是个例外，货物是活的，是一群非常愤怒和紧张的动物。

在长达九小时的飞行中，它们被关在见不到一丝日光的地方，因此它们很不高兴。波音 747 的整个货舱内回荡着动物们愤怒的喊叫声。小巧而有力的爪子把笼门摇得嘎吱作响。聪明的灵长类动物瞪着大眼睛，有着棕色瞳孔的黄色眼珠滴溜溜乱转，寻找着逃跑的办法。

但根本就没有逃跑的办法。

希思罗机场四号航站楼的首席检疫官吉姆·西弗劳尔不允许逃跑这样的事情发生。他正在下达命令，将这批灵长类动物转移到大型检疫中心，该中心位于被雨水冲刷的跑道的另一侧。如今，灵长类动物的检疫变得非常严格，其原因西弗劳尔一清二楚。

1989 年，一批来自非洲的猴子乘坐类似的航班降落到了华盛顿特区的杜勒斯国际机场。抵达机场后，装在笼子里的动物被卡车从机场运到了一个实验室。该实验室被业内人士称为"猴舍"，位于这座城市的高档郊区雷斯顿。

当时，检疫法还没那么严格。猴子成群结队地死去，实验室的工作人员也开始生病。后来检疫结果证明，整批猴子都感染了埃博拉病毒。

最后，美国军方的生化武器防御专家不得不参与进来，对整个地区进行消杀，对每只动物都实施了安乐死。雷斯顿猴舍成了死亡地带。那里的任何东西——包括微生物——都不允许存活。后来，这个地区被永久封锁并遗弃。

该病毒没有导致数千人——或者说数百万人——死亡的唯一原因是它不能通过空气传播。如果它是类似流感的病，那么，这种"雷斯顿埃博拉"病毒就会像旋风一样横扫全人类。

幸运的是，雷斯顿埃博拉疫情得到了控制。但受此事件的余波影响，政府出台了更为严格的检疫法。今天在希思罗机场，吉姆·西弗劳尔就必须要确保严格遵守检疫法。

他个人认为，为期六个星期的隔离期是有些过于严厉了，但是相较于可能面临的风险，新法的要求也合理。无论怎么样，这都为他和他的员工提供了一份体面、可靠、高薪的工作，他还有什么可抱怨的呢？

他看着装动物的箱子从飞机上卸下来，每只箱子侧面都印有"卡塔维保护区灵长类有限公司"的字样。他认为这一批动物特别健康。通常情况下，会有少数动物在运输途中死亡，这是由于旅途压力造成的，但是这一批小家伙没有一只被压力所影响。

它们看上去精力充沛。

卡塔维保护区的灵长类动物有如此出色的表现，他并不意外。他多次检疫过该公司的货物，他很清楚这家公司是一家一流的公司。

他弯下腰仔细看向笼子里面。了解一下货物的总体健康状况总是没错的，这样你就能更好地管理检疫过程。如果有生病的灵长类动物，就要把它们隔离，免得传染给其他的动物。笼子里面那只银发、黑脸的长尾猴退到了远处的角落。灵长类动物往往不喜欢与人类近距离眼神接触。它们认为这是一种挑衅行为。

不过，这只小家伙看起来是个不错的样本。

西弗劳尔转向另一个笼子。这一次，当他窥向笼子里面时，里面的动物朝着笼子的铁栏杆冲了过来，举起拳头愤怒地捶打着，并露出了尖牙。西弗劳尔笑了。这只小家伙显然斗志昂扬。

他正要转身离开，那只动物打了个喷嚏，正好对着他的脸。

他停顿了一下，再次打量了它一遍，但它其他方面似乎非常健康。他推断，可能它只是不适应伦敦寒冷、潮湿的空气。

把七百只灵长类动物转移到隔离栏里，吉姆一天的工作也就结束了。事实上，他又多待了两个小时监督最后一批货物。

他离开机场，开车回家，去了家附近的酒吧喝啤酒。在那里的都是常客，他们像往常一样喝着酒，吃着小吃，悠闲地聊天。

完全没有任何可疑的迹象。

吉姆请了伙伴们一轮啤酒。他用手背擦掉胡须上的啤酒泡沫，与伙伴们一起享用了几包薯片和咸花生。

他离开酒吧开车回家。他浑身散发着啤酒味，在门口拥抱了一下迎接他的妻子，正好赶上给三个年幼的孩子送上晚安吻。

在伦敦的其他地区，吉姆在希思罗机场工作的员工也做着同样的事情。

第二天，他们的孩子去上学。他们的妻子或者女朋友则去了不同的地方，购物、工作、走亲访友。呼吸。每时每刻，无处不在呼吸。

吉姆在酒吧一起喝酒的伙伴们也各自去他们的工作地点上班。他们乘坐地铁、火车和公共汽车去到这个繁华大都市的各个角落。呼吸。每时每刻，无处不在呼吸。

在整个伦敦——一座拥有约八百五十万人口的城市——一场灾难正在蔓延。

史蒂夫·琼斯身材魁梧、体形巨大，但行动起来却出人意料地敏捷迅速。他挥拳出脚，像机关枪一样连续快速地发起攻击，以可怕的力量砸向对手，不给对手喘息或反击的时间。

他不断躲闪和转身，一次又一次地攻击对手。天气虽然炎热，但他下手毫不留情，汗水不断从他半裸的躯干上流下。他一拳比一拳凶狠，每一拳力道都大得恨不能砸碎对手的骨头，震碎对手的内脏。

每一次挥拳或出脚，琼斯都想象自己是在打断耶格的四肢，或者干脆是把他那张干瘪高贵的脸打得血肉模糊。

他选择了一片阴凉处进行训练，但即便如此，这么激烈的体力运动，再加上中午昏昏沉沉的精神状态，让他的身体倍感疲惫。这样的挑战让他无比兴奋。把自己的体能逼到极限，总是能让他获得一种自我满足感，一种高于他人的优越感。他屡试不爽。

很少有人能进行或接受如此极端且持续的体能训练。正如他曾在军队中学到的——在耶格把他永远赶出军队前——"努力训练，轻松战斗"。

他终于停了下来，抓住被他随手吊在一棵树上的沉重沙袋，让沙袋静止下来。他扶住沙袋休息了片刻，喘匀了呼吸，然后转身朝着他住的小屋走去。

回到小屋，他踢掉靴子，全身汗涔涔地躺到了床上。毫无疑问，在卡塔维旅馆，人们知道如何享受。真为这家公司可惜，竟然被法尔克那个白痴和一群当地黑人组成的队伍管理。他活动了一下酸痛的肌肉。今天晚上他到底要找谁一起喝酒呢？

他伸手从靠墙的桌子上抓起一包药丸，吞下了几颗。他一直没有停止服用兴奋剂。为什么要停呢？这些药物让他比别人更有优势，让他势不可挡，战无不胜。军队的人错了，大错特错。如果英国特种空勤团听他的，他们现在可能都在服用这些药物。通过服用药物，他们完全可以把自己变成超级英雄。

就像他一样。至少他自己是这样认为的。

他靠着枕头躺着，敲击着笔记本电脑的按键，调出加密网络电话软件，拨通了汉克·卡姆勒的号码。

卡姆勒很快就接起了电话。"说。"

"找到了，"琼斯说，"我从来没想到路虎车能被毁成那样，像被压坏的沙丁鱼罐头。烧了个彻底，完全烧毁了。"

"很好。"

"这是好消息。"琼斯用一只大手挠了挠他那剪得极短的头发，"坏消息是，车里面只有两具尸体，而且还都是烧焦了的当地人。如果耶格和那个女人当时在那辆车里的话，那他们就是成功逃脱了。但是，在那种情况下没有人能够逃脱。"

"你敢肯定？"

"就如同肯定鸡蛋就是鸡蛋一样。"

"直接回答不好吗？"卡姆勒没好气地说。有时候他真的受不了这个英国人的遣词造句，更不要说他那粗野无礼的行为举止。

"是，肯定，千真万确。"

要不是因为这个人是个不错的打手，这种带讽刺意味的话一定会让卡姆勒非常生气。眼下，卡姆勒还用得着他。

"你就在现场。你认为是怎么回事？"

"很简单。耶格和那个女人没有坐那辆车离开。他们要是在里面，他们的尸块残肢应该散落在周围的灌木丛里，但是那里却没有。"

"你查过了吗？旅馆是不是有一辆车不见了？"

"有一辆丰田车不见了。柯尼希说他们发现它停在一个地方小机场里。他的一个手下明天会把车开回来。"

"所以耶格是偷了一辆车逃走了。"

聪明，真像爱因斯坦，琼斯心里想。他可不希望说出来让卡姆勒听见。他必须小心点。现在，这老家伙是他唯一的雇主，他来这里可是拿了一大笔报酬的。他还不想把工作搞砸了。

他看上了一处小小的天堂——一栋位于匈牙利的湖畔别墅。他觉得匈牙利这个国家不错，那里的人和他一样讨厌外国人——非白种人。他对卡姆勒提供的这份临时工作寄予了厚望，希望能挣够钱实现自己的梦想。

更重要的是，由于耶格逃脱了"死神"无人机的袭击，琼斯仍然有机会亲手杀了他以及那个女人。他最想做的就是当着耶格的面伤害、凌辱那个女人。

"好吧，这么说耶格还活着，"卡姆勒下了结论，"我们需要将这转化成我们的优势。我们来打一场心理战，用他家人的照片来打击他。我们得让他紧张起来，引诱他上钩。等我们诱敌深入，就干掉他。"

"听起来不错，"琼斯咬牙切齿地说，"但有一件事：把最后那一步留给我。"

"琼斯先生，只要你信守诺言，不负所望，我会满足你。"卡姆勒停顿了一下，"告诉我，你想不想去看望一下他的家人？他们被关在一座离你不远的小岛上。我们可以用飞机载你去。你的朋友耶格看到你和他的妻子、孩子在一起的照片，你觉得他会有什么样的反应？就是类似于'来自老朋友的问候'那样的。"

琼斯露出了一个邪恶的笑容。"太好了。这会让他崩溃的。"

"有件事我要提醒你。我在那座小岛上经营猴子出口的生意。那里设有一个戒备森严的实验室，研究一些相当棘手的灵长类动物疾病。有些地方——那些研究致病菌疗法的实验室——严禁入内。"

琼斯耸了耸肩。"就算你是在冷冻非洲婴儿的身体，我也不会在乎。直接把我送过去吧。"

"我对这个地点严格保密，"卡姆勒接着说，"以防那些潜在的商业竞争对手搞破坏。我希望你也能严守秘密。"

"知道了，"琼斯说，"尽快派飞机送我去关押他家人的地方，让我们来上演好戏吧。"

第 十 章

西蒙·查克斯·贝洛

多年来，内罗毕一直有着"内罗劫"的绰号，这个绰号名副其实，因为这是一个喧闹的、无法无天的地方。在这里，任何事情都可能发生。

耶格、纳洛芙和戴尔按着喇叭，在拥挤而又嘈杂的街道上行驶，这里挤满了各式各样的小汽车和破旧的"马塔图"——用油漆刷得花里胡哨的小型出租面包车，还有推着笨重手推车的人流，他们好不容易才开进市中心。虽然极度拥挤，但喧闹的人群和车辆依然继续忙碌着。

情况就是这样。

耶格在这座城市待过很长时间，因为这里是英国军队去沙漠、山地和丛林作战军事训练场的中转站。然而，他从来没有踏足内罗毕拥挤的贫民窟街道。他不来是有充分理由的。据说任何外国人愚蠢地误入这个禁区的话，往往都会消失无踪。在贫民窟这个地方，外国人多半是没有机会生还的。

柏油马路变成了布满车辙的小路，车辆一通行便扬起一路灰尘。周围的环境也完全变了样。市中心那一栋栋混凝土和玻璃建成的办公大楼不见了，他们经过的是一大片东倒西歪的小木屋和小摊。

一些人蹲在尘土飞扬的路边卖东西：一大堆土豆，在烈日的照射下呈鲜红色；一堆堆紫色的洋葱；成堆鳞片闪着金褐色光芒的干鱼；还有一大堆灰扑扑的旧鞋子，鞋跟已经严重磨损，破旧不堪，但还在售卖。

耶格眼前展现出这样一幅景象：一个宽阔的浅山谷里，弥漫着令人窒息的烟雾，既有炊烟，也有垃圾闷燃产生的烟雾。木棚屋和塑料棚屋一间压着一间，极其混乱，其间是蜿蜒狭窄的小巷子。到处可以看到五颜六色的拼接布片，那是挂在散发着恶臭的有毒烟雾中晾干的衣物。他立刻被眼前的景象迷住了，同时，不知怎的，也感到有些心神不安。

人们怎么能在这个地方生活？

他们是如何在这种混乱不堪的贫困之地生存的？

他们的车超过了一个推着手推车往前跑的男人，男人的手紧握着手柄，手柄因为长期使用，磨得极为光滑。他光着脚，穿着破旧的短裤和 T 恤。耶格瞥了一眼他的脸，只见他的脸上满是汗珠。他们的目光相遇时，他感觉到了他们两人之间的巨大差距。

推着手推车的人是拥挤的贫民窟里的一员，供养着这座永不知足的饥饿城市。耶格心里清楚，这和他的世界完全不同，是一个完全陌生的地方，但不知怎么的，这里竟然强烈地吸引着他，就像烛火吸引着飞蛾一样。

耶格一直以来最喜欢的地方是丛林，它古老、野性、原始的特点让他感到兴奋。而这个地方就是城市中的丛林。如果你能在这里活下来，在这个充斥着帮派、毒品、棚屋和查加①酒吧的地方生存下来，那你就可以在任何地方生存下来。

耶格望着车窗外这一片杂乱无章的荒地，仿佛看出了这里原始的躁动，听到了这里发出的挑战信号。到任何新的敌对环境里，你必须向那些知道如何在那里战斗和生存的人学习，他现在就需要这样做。这里处处是潜规则，有许多不成文的规矩。为了保护自己，贫民窟自有一套法律，所以，外来者才唯恐避之不及。

在酒店的时候，戴尔就向他们做了详细介绍。在贫民窟，你绝对见不到肯尼亚的富裕阶级。这是一个羞于示人的地方，要被完全隐藏起来；这也是一片黑暗、残忍、令人绝望的地方。所以，西蒙·查克斯·贝洛和他同是孤儿的伙伴们才会消失——被人用几千美元的价格就卖掉了。

汽车在路边的一家酒吧门口停了下来。

"就是这里，"戴尔说，"我们到了。"

贫民窟的居民看着他们，看着那辆车，因为在这

---

① 查加：一种非法酒精饮料。

个地方难得一见崭新的路虎车。事实上，这里难得见到几辆汽车。他们盯着戴尔和车上下来的其他人，这些有钱白人竟然敢进入他们的领地。

耶格觉得自己与这里格格不入，他从未觉得自己竟如此与众不同。他还觉得这地方陌生、令人担忧、易受到伤害。他从未训练过要如何应对这样的丛林，这是一个完全无法伪装自己的地方。

耶格、纳洛芙和戴尔走向路边的酒吧，他们跨过一条敞着口的下水道，混凝土已经开裂，散发着腐臭味。就在这时，他感到像是有个瞄准器瞄准了自己的后背似的。

耶格经过了一个摇摇晃晃的路边小摊，一个女人蹲坐在旁边的一张木凳上，脚边放着一个烧炭炉，炉子上有一口新月形的沸腾的油锅，锅里正在炸着小鱼。她看着外面纷乱的生活景象，等待着顾客光临。

人行道上蹲着一个与众不同的人，只见他胸宽肩阔，像是在等什么人。耶格可以看出，他力量非常强大，而且久经沙场，是一个天生的街头斗士。这个人五官平平，脸上有疤痕，表情却很坦诚，仿佛是混乱中的一座平静岛屿。

他穿着一件 T 恤，上面印着一行字：我与法律为敌。

耶格青少年时期就很喜欢这句话。那时，他是碰撞乐队的忠实粉丝。顿时，他头脑里闪过歌词：在炽烈的阳光下服苦役，我与法律为敌，但法律更胜一筹。

耶格一看就知道这个人是谁。

他就是朱利叶斯·姆布鲁，他们进入这个贫民窟的通行证。

耶格神情紧张，很不自在，手指紧紧握着冰凉的酒瓶。他把目光投向了酒吧四周，入眼的是破旧的塑料家具、被油烟熏黑了的墙壁，一个粗糙的水泥阳台对着楼下嘈杂、烟雾弥漫的大街。

有几个人围坐在桌边，盯着电视机，露出近乎狂喜的神情。解说员的声音从吧台上方的小屏幕里传了出来，吧台后面摆着酒架，厚厚的钢丝货架上放着一排排的酒。电视机里正在播放英超联赛。足球在非洲特别受欢迎，在贫民窟更是如此，这里的人觉得足球几乎和宗教信仰一样重要。

但是耶格脑子里想的只有西蒙·查克斯·贝洛。

"我找到他了，"姆布鲁说，声音低沉而粗哑。"真不容易。这个孩子当时被卷入得很深，确实很深。"他看着戴尔，"他被吓坏了，经历了那一切之后，他对白人没什么好感。"

戴尔点了点头。"这可以理解。但是请告诉我，你相信他说的话吗？"

"我相信。"姆布鲁的目光从戴尔移向耶格，再移向纳洛芙，然后又转回到了戴尔脸上，"不管你们是怎么想的，这里的孩子们分得清是非对错，他们不会说谎，反正不会编那样的瞎话。"他说话时，目光中闪着愤怒的光芒："贫民窟里很讲兄弟情谊，跟你们在外面见到的完全不同。"

姆布鲁过去的生活显然很艰难。之前他迎接他们，耶格在和他握手时，感觉到了他手上的硬茧。他脸上的皱纹和黑色眼睛周围的烟熏色黑眼圈证实了这一点。

耶格朝着酒吧里指了一下。"怎么样？我们能见见他吗？"

姆布鲁微微点了点头。"他在这里，但有一个条件，请尊重那个孩子的想法。如果他不想合作，如果他不愿意和你们一起走，那你们就不能强求。"

"明白。照你说的办。"

姆布鲁转身向阴影处喊道："亚历克斯！弗兰克！把他带过来！"

三个小孩走了过来：其中两个年龄大一点的少年，身形高大，肌肉结实，他们中间夹着一个年纪小一点的孩子。

"我经营着一家慈善机构——姆布鲁基金会，致力于贫民窟的教育和发展。"姆布鲁解释。"亚历克斯和弗兰克是我手下的人，而他……"姆布鲁指着那个较小的孩子说，"是姆布鲁基金会最聪明的一个孩子，你们可能已经猜到了，他就是西蒙·查克斯·贝洛。"

西蒙·查克斯·贝洛的外貌很有个性。他那灰扑扑、金属丝般的头发以奇怪的角度根根竖起，好像触电了一般。他穿着一件红色的 T 恤，上面印着埃菲尔铁塔的图案，图案下面印着"巴黎"的字样，衣服比他大了好几个尺码，挂在他那瘦骨嶙峋的身体上。

他的两颗门牙之间有一个大缝隙，这使他看起来更像是一个街头小混混。破旧的短裤下面露出了伤痕累累的膝盖，光着的双脚露出折断裂开的趾甲。但不知怎的，这一切似乎都增加了他那难以形容的魅力。

而此刻，西蒙·贝洛的脸上并没有笑容。

耶格试图打破僵局，他看了一眼电视。"你是曼联的球迷吗？他们今天输得好惨。"

那孩子看着他。"你想谈论足球，因为你认为足球是拉近关系的钥匙。我喜欢曼联，你也喜欢曼联，这样我们一下就能成为朋友了。"他停顿了一下，"先生，为什么不告诉我你来这里的目的呢？"

耶格举起双手表示投降，这孩子确实有主见，他喜欢这样的孩子。"我们听过一个故事。首先，我们想知道这个故事是不是真的。"

西蒙·贝洛翻了个白眼。"这个故事我讲过一千遍了，还要再讲一遍吗？"

在姆布鲁的帮助下，他们总算说服了这孩子，把这个故事简单说了一遍。事实证明，他讲的故事和法尔克·柯尼希讲的几乎完全一样——只有一处明显的不同。这孩子多次提到"老板"，他是这么称呼他的——那个在岛上发号施令的白人，那里所有的恐怖事件都是在他的指挥下展开的。

从他的描述来看，耶格认为他说的一定是汉克·卡姆勒。

"所以卡姆勒在那里。"纳洛芙喃喃道。

耶格点了点头。"听起来是这样，难怪法尔克会掩盖这个细节。毕竟，谁也不希望自己的父亲是那样的人。"

耶格向孩子简要地说了一下他想要做的事情。他们想把他从贫民窟带走一段时间，以确保他的安全。他们担心那些绑架了他的人，可能会再来绑架他，特别是如果他们发现他活了下来的话。

那孩子的回答是想喝一杯汽水，耶格给他们每个人都点了饮料。从男孩用手指抓住冰冷的芬达汽水的动作中可以看出，这对他而言是多么罕见的享受。

"我需要你们的帮助。"西蒙喝干了手里的饮料后说。

"我们就是为此而来的，"耶格对他说，"一旦我们离开这个地方——"

"不，我现在就需要你们的帮助。"那个男孩打断他，眼睛看着耶格。

"你们帮助我，我就帮助你们。我现在就需要你们的帮助。"

"你想要我们做什么？"

"我有一个弟弟，他病了，我需要你们救他。你是白人，你可以负担得起这笔费用。就像我说的那样，你们帮助我，我就帮助你们。"

耶格诧异地看着姆布鲁。姆布鲁没有直接回答，而是站起了身。"来吧，跟我来，我带你们去看看。"

姆布鲁领着他们穿过街道来到一个路边摊旁边。一个大概九岁的孩子独自坐在那儿，漫不经心地用勺子舀着扁豆汤喝。他骨瘦如柴，拿着勺子的手抖动得厉害，瘦弱的身上穿着印有姆布鲁基金会字样的黑色T恤。

从西蒙·贝洛对男孩说话的语气以及安慰他的样子来看，耶格认为，这男孩一定是他的弟弟。

"他得了疟疾，"耶格说，"应该是的，我一看他这颤抖的样子就知道。"

姆布鲁讲述了这个男孩的故事。他的名字叫彼得，已经病了好几个星期了。他们曾想带他去看医生，但是他付不起医药费。他的母亲已经亡故，父亲酗酒，沉迷于查加。

总之，彼得是没有人照顾的孩子，耶格可以看出他急需帮助。他也注意到，这孩子和卢克失踪时的年龄差不多。

他看了一眼西蒙·贝洛。"好！我们帮你，送他去看医生，请问，最近的诊所在哪儿？"

那孩子的脸上第一次露出了笑容。"我带你们去。"

离开时，朱利叶斯·姆布鲁和他们道别。"有亚历克斯和弗兰克在，你们不用怕，但你们走之前一定要和我道个别。"

耶格对他表达了感谢，然后与纳洛芙、戴尔跟着西蒙·贝洛、彼得以及姆布鲁基金会的孩子们走进了狭窄曲折的，有如迷宫般的小巷。随着他们深入贫民窟，他们闻到一股未经处理的污水的恶臭，还听到嘈杂的声音。这么多人挤在一起，会带来严重的幽闭恐惧症，耶格感到一阵心烦意乱。

他们前进的步伐时不时被一扇沉重的瓦楞铁门阻隔，门随意地钉在贫民窟居民在垃圾堆里捡到的废木头上，门上到处是涂鸦。

西蒙·贝洛为他们推开一扇扇门，好让他们通过。耶格问这些门是干什么用的。

"这些门吗？"西蒙的脸色沉了下来，"是为了阻止警察来抓他们，我当时就是被警察抓走的。"

按照西方的标准，"奇迹医疗中心"就是一个肮脏破旧，到处是垃圾的地方。但对这里的人来说，它显然非常好。他们排队去看医生的时候，耶格、纳洛芙和戴尔吸引了许多怪异的目光。一群孩子聚在一起，看着他们并对他们指指点点。

亚历克斯拿了几根烤玉米棒过来，他把玉米棒掰成拳头般大小的长度，把第一节递给了耶格。吃完鲜嫩多汁的玉米后，他们争相拿着玉米芯玩起了抛物杂耍，欢声笑语不断。西蒙·查克斯·贝洛是几个孩子中最搞笑的那个，在结束杂耍时，他跳了个鬼步舞，逗得大家哈哈大笑。实际上，他们太闹了，医生不得不从窗口探出头来叫他们小声一点。

看起来似乎没有人特别担心彼得。耶格这才意识到，病成这副样子——几乎到了死亡的边缘——对他们来说很正常。这种事情一直在发生。没有钱支付医疗费？这里又有谁支付得起呢？有白人愿意送你去医院治疗的可能性又有多大呢？几乎为零。

在为彼得做了一些基本的检查后，医生解释说彼得很可能染上了疟疾和伤寒。他需要住一个星期的院，以确保能完全康复。耶格听出了医生的言外之意，那就是医疗费会很高。

"要多少医疗费？"他问。

"九百五十肯尼亚先令。"医生回答。

耶格快速做了心算，这还不到十五美元。他递给了医生一张一千先令的纸币，并感谢他所做的一切。

他们离开时，一位年轻的护士追了上来。耶格以为还有什么事情，也许他们决定再增加一些额外的费用，因为他看起来十分轻松就支付了之前的费用。

护士伸出手，把一张五十先令的纸币递给他，她只是过来给他找零钱的。

耶格惊讶地看了一眼纸币。姆布鲁说得对，这里的人很诚实，这里发生的一切，让人感到羞愧。耶格把钱递给了西蒙·贝洛。

"拿着，给你自己和其他人再买一杯汽水。"他摸了摸那孩子的头，"那么，我们达成协议了吗？你现在同意跟我们离开一阵子了吗？还是说我们需要征求你父亲的同意呢？"

西蒙皱了皱眉头。"我父亲？"

"你和彼得的父亲啊。"

他看了耶格一眼。"哦，彼得——他不是我的亲弟弟，他是我在贫民窟的弟弟。至于我——我没有家人，是个孤儿。我以为你们早就知道呢，朱利叶斯·姆布鲁是我最亲的人。"

耶格笑了起来。"好吧，现在你有我了。"这个孩子很聪明，也很有主见。"现在我们安顿好了你在贫民窟的弟弟，你愿不愿意跟我们一起走呢？"耶格说道。

"我愿意，只要朱利叶斯同意，我就跟你们走。"

他们向着车辆走去，耶格追上了纳洛芙和戴尔。"这个孩子的证词对我们抓捕卡姆勒很关键。但是，我们能把这孩子带到哪里去呢？一个远离这里，可以把他藏起来的地方。"

戴尔耸了耸肩说："他没有护照，没有身份证件，甚至都没有出生证。他不知道自己多大，什么时候出生的。所以，要在短时间内把他送到哪里去都是不可能的。"

耶格耳旁又响起了法尔克·柯尼希说的话，他看了纳洛芙一眼。"你还记得柯尼希提到过的那个地方吗？阿曼尼，一个偏僻的、与世隔绝的度假胜地，非常隐蔽。"他转身对戴尔说："阿曼尼海滩度假村，位于内罗毕以南遥远的印度洋。你可以查查看吗？如果可以的话，你能把他带到那里去吗？至少在那里等到我们给他办好证件。"

"肯定比待在这里好，这一点可以确认。"

他们拐进了一条通向泥地公路的小巷。突然，耶格听到了警笛声。他感觉到旁边的人都僵住了，他们惊恐地睁大了眼睛。片刻过后，响起了一声尖锐的枪响，枪声在不远处弯曲的小巷里回荡。四处响起了脚步声——一些人在逃离事发地，但是另一些人，主要是年轻人，则向枪响的地方跑去。

"警察。"西蒙·贝洛低声说道。

西蒙·贝洛示意耶格和其他人跟着他，悄悄溜到一个偏僻的角落，蹲在那里。

"你们要是怀疑我跟你们说的话，不相信警察之前对我做过那样的事情，那就好好看着！"他用一根手指朝着聚集的人群方向指了指。

耶格看到一个警察，手里拿着手枪。他面前躺着一个十几岁的少年，少年的腿部中枪了，正恳求饶命。

西蒙低声解释着刚才发生的情况，语气中透露着不安和紧张。他认识躺在地上的那个年轻人，他曾努力想成为一个贫民窟的帮派成员，但事实证明他不够强硬。他游手好闲，是个二流子，并不是什么大恶棍。说到那个警察，他倒是臭名昭著。贫民窟的人都知道他的绰号：头皮。那次抓捕西蒙和其他孤儿的，正是"头皮"带头干的。

时间一分一秒地过去，聚集的人越来越多，但是每个人都害怕"头皮"。他挥舞着手枪，呵斥着那个受了伤的男孩，叫他往前走。那个孩子跟跟跄跄地站了起来，那条鲜血直流的腿摇摇晃晃，脸上露出一副痛苦和恐惧的表情。"头皮"推着他走进附近的一条巷子，走向停在山顶上的警车，那里还有更多拿枪的人。

人群中爆发出一阵狂怒，"头皮"能感觉到他周围人的敌意。警察也很清楚，如果逼得太紧，可能会引发贫民窟里的暴力冲突。

"头皮"开始用手枪的枪把打那个受伤的男孩，冲他大叫让他快点走。贫民窟的人群向前涌去，突然间，"头皮"感觉人群就要失去控制了，他举起手枪朝那个男孩没受伤的腿开了一枪。那个男孩痛苦地哀号着，倒在了地上。

此时人群中有人迅速冲了过去，但是"头皮"挥舞着手枪对着他们的脸。

那个受伤的男孩举起双手恳请饶命。耶格能听到他在苦苦哀求，但是"头皮"似乎杀红了眼，他迷失在嗜血的欲望中，沉醉于手枪的威力。他朝着那个男孩的身体又开了一枪，然后他向前俯身，用手枪紧紧顶住那个男孩的头部。

"他活不了了，"西蒙·贝洛咬紧牙说，"他马上会死。"

　　一时间贫民窟的人似乎都屏住了呼吸，接着就听到了一声枪响，子弹穿过了拥挤的人群，枪声在充满愤怒的小巷里回荡。

　　此时，人群已经完全失去了控制。人们纷纷向前冲去，愤怒地吼着。"头皮"举起枪朝天鸣枪示警，逼退人群。与此同时，他还用对讲机大声请求支援。

　　赶来增援的警察通过小巷咚咚咚地来到对峙地点，耶格感觉整个贫民窟要爆发冲突。他们现在绝不能卷入这件事，正如他所知道的，有时候谨慎胜过勇敢。

　　现在的首要任务是救出西蒙·贝洛。

　　他一把抓住这个孩子，让其他人跟上，拔腿就跑。

　　一辆大马力奥迪在高速公路上全速行驶。拉夫在机场接到他们，他显然在赶时间。事实上，他们都赶时间，拉夫驾驶技术出色，所以耶格并不特别担心。

　　"你们找到那个孩子了？"拉夫问道，眼睛始终没有离开过漆黑的路面。

　　"是的。"

"他说的是真的吗？"

"他给我们讲的故事——没有人能编得出来，当然更不用说是一个来自贫民窟的孤儿了。"

"那么，你们了解到了什么呢？他说了什么？"

"柯尼希几乎给我们讲述了整个故事。这个孩子又补充了一些小细节，没有特别重要的信息。那座岛的位置我们有头绪了吗？卡姆勒的那座岛？"

拉夫微微一笑。"可能有了。"

"什么样的头绪？"耶格急切地问。

"等待情况介绍会吧。我们一到达法尔肯哈根就会知道，请耐心等待作战指示。那孩子现在在哪里？安全吗？"

"戴尔把他安顿在宾馆，订了两个挨着的房间，塞丽娜宾馆，还记得吗？"拉夫点了点头。他和耶格随英军取道内罗毕的途中，曾在那里住过一两回。这家宾馆位于市中心，是一个难得的和平宁静之地。

"他们不能待在那里，"拉夫说出了显而易见的事实，"他们一定会被发现的。"

"是的，我们也这样想。戴尔会把他带到一个偏远的地方去。内罗毕南边的阿曼尼海滩，几个小时的车程。那是我们目前能想到的最佳地点了。"

二十分钟后，他们把车开进了法尔肯哈根防御工事。奇怪的是，虽然耶格在这里经历过可怕的测试，但他还是感觉回到这里真好。

他唤醒了纳洛芙，她一直蜷缩在奥迪车的后座上睡觉。过去的二十四小时里，他们几乎没睡过觉。带着孩子从极度混乱的贫民窟撤离后，他们就一路狂奔。

拉夫看了一下手表。"介绍会是一点开始，还有二十分钟，我领你们去房间吧。"

一进入房间，耶格就往脸上泼水洗了把脸。没时间洗澡了。他在法尔肯哈根留下了一些私人物品：护照、电话和钱包。他是用假名去的卡塔维，他得百分之百确保身上没有任何威尔·耶格的痕迹。

彼得·迈尔斯在房间内配备了一台苹果笔记本电脑，因此，耶格很想查看电子邮件。通过一种安全性超高的电子邮箱，他可以放心地查看邮件，不必担心卡姆勒和他手下的监控。

在改用这种邮箱之前，他们所有的通信系统都被黑客入侵了。他们之前使用过一个电子邮箱草稿账号，该账户从未真正往外发送过邮件，所有人只是通过共享密码登录该账号，然后阅读草稿。

本来以为，不发送任何邮件，就应该是安全的。

但事实并非如此。

卡姆勒的人还是破解了那个邮箱草稿账号。他们用这个账号折磨耶格——首先是发送被囚禁的莱蒂西亚·桑托斯的照片，然后是发送他家人的照片。

耶格停顿了一下，他无法抑制住自己的强烈欲望——那黑暗的诱惑——现在就想查看一下那个邮箱账户。他希望卡姆勒的人会一时大意，希望他们会发送一些影像，这样他可以从中提取出线索，一些他能够追踪敌人和自己家人的线索。

草稿箱里有一封邮件。和往常一样，邮件是空白的，只有一个网上云盘文件分享链接。毫无疑问，这是卡姆勒对他实施的心理战的一部分。

耶格深深地吸了一口气，感觉黑暗就像乌云一样降临到他身上。

他用颤抖的手点开链接，图片开始下载，图片内容一行一行地出现，完整的图片最后显示在了屏幕上。

这张图片里，一个长着黑色头发的瘦弱女人跪在一个男孩身旁，两人都只穿了内衣。女人用一只胳膊搂住男孩，保护着他。

图片中的男孩正是耶格的儿子——卢克。他的肩膀很瘦，驼着背，仿佛要承担起整个世界的重量。尽管他的母亲在保护他，但是他还是举着一面破床单，就像举着一条横幅。

上面写着：爸爸，救救我们。

图片就此消失了，随后屏幕上一片空白，上面出现了黑色字体的文字：

来找你的家人吧。

未来是属于我们的。

"未来是属于我们的。"这句话是汉克·卡姆勒的身份名片。

耶格紧握拳头，努力不让手颤抖，然后不停地用拳头砸墙。

他怀疑自己是否能继续坚持，他快坚持不住了。

每个人都有一个忍耐极限。

第 十 一 章

灾难蔓延

在肯尼亚的乔莫·肯雅塔机场，一架波音 747 货机正在装载货物。一辆叉车把一箱箱标有 KRP 字样的货箱运进飞机的货舱。

装满货物后，这架航班将飞往位于美国东海岸的华盛顿杜勒斯机场。美国每年进口大约一万七千只灵长类动物，用于医学试验。多年来，KRP 已经占据了这个市场的很大一部分份额。

KRP 的另一架包机计划飞往北京，第三架飞往悉尼，第四架飞往里约热内卢……在短短四十八小时内，所有航班都将抵达目的地，完成这罪恶的交易。

汉克·卡姆勒刚刚得到了一份意想不到的助力，尽管他没想到这一点。

卡姆勒讨厌英国人，更讨厌俄罗斯人。希特勒强大的德国国防军——他的战争机器——止步于冰天雪地的东线，苏联红军在德军随后的失败中发挥了关键作用。

因此，莫斯科成了卡姆勒仅次于伦敦的第二个关键目标。一架747货机刚刚在莫斯科的伏努科沃机场降落。就在此刻，伏努科沃机场的检疫官谢尔盖·卡连科正忙着指挥将关在笼子里的灵长类动物转移到附近的畜棚里。

卡连科曾命令，要把装有三十六只长尾猴的笼子堆在一边。

俄罗斯一家大型药业公司——用作药物试验的动物已经用完了。每拖延一天。该公司就要损失大约五万美元。在俄罗斯，金钱——或者说贿赂——可以开路，因此，卡连科并不打算反对他负责的这几十只猴子逃避检疫。他认为这个风险可以忽略不计，毕竟KRP送来的货物从未出过问题，他认为这次也不例外。

很快，这批笼子被装上了一辆平板货车，笼子上盖了一块暗绿色的帆布。随后，卡连科收到了一沓厚厚的现金。接着，货车迅速驶进了接近零度的莫斯科夜色中。

他望着货车红色的尾灯消失，把手伸进了他那鼓鼓的大衣口袋里。和许多机场的工作人员一样，卡连科偶尔会喝点伏特加，以驱散能冻僵大脑的寒气。现在他就大喝了一口，庆祝自己获得意外之财。

药业公司的一辆货车驾驶室里的加热器出了故障，货车司机一整天都在想办法驱赶寒冷，大多时候都是靠酒。前往药业公司工厂的路上，他将货车拐到了位于城市东南部边缘的荒凉郊区。

货车碾上了一块薄冰。司机由于酒精的麻木作用，反应过于迟钝。只在一瞬间，货车突然滑出了公路，翻下积雪覆盖的斜坡，车上的帆布也撕裂开来，货物散落了一地。

灵长类动物们因为恐惧和愤怒，叫声连连。驾驶室的门也被强大的冲击力撞开了。神志不清、浑身是血的司机跌跌撞撞地爬了出来，倒在了雪地里。

其中一个笼子的门被一只惊恐的"手"推开了，小而有力的"手指"感受着那奇怪的闪闪发光的寒冷物质——陌生的白色冰层。这只困惑的动物感受到了自由的味道，或者说类似自由的味道，但它真的能在这结了冰的地面上行走吗？

上方，公路上的一些车辆停了下来，一张张脸往斜坡下面打探。明白了情况后，有些人在用手机拍摄现场，但只有一两个人想下去帮忙。当他们从结冰的斜坡滑下来时，猴子们听到了他们靠近的声音。

机不可失。

第一个笼子被打开了，里面的动物逃出来了，它们迅速朝着最近的阴暗处跑去，身后扬起纷纷白雪。其他的笼子门也同样被冲开了，那些动物跟在第一只猴子后面跑了。

等到晕头转向的司机好不容易能清点动物时，他发现已经丢了十二只灵长类动物。十二只长尾猴逃到了莫斯科郊区冰雪覆盖的街道上，它们忍受着寒冷、饥饿，还有恐惧。但司机不能报警，因为他违反了严格的检疫法。如果惊动了警察，他、卡连科和药业公司都会卷入麻烦。

不管这些猴子了，让它们自求多福吧。

货车刚好把这些灵长类动物带到了莫斯科河沿线的一条公路上。它们组成了一支临时队伍，聚集在河岸上，挤在一起相互取暖。

一位老妇人在河边匆匆赶路。她发现了猴子，还以为自己看到了鬼怪，吓得扭头就跑。谁知她在冰冷的路面上滑了一跤，购物袋里的新鲜面包散落了一地。饥饿的猴子们立刻扑了上去。这位老妇人头晕目眩，不知所措，试图用戴着手套的手把它们赶跑。

一只长尾猴咆哮起来，那位老妇人不知道这是一种警告。猴子用牙齿撕开她的手套，在她的手背上留下了一条血痕。那位老妇人尖叫起来，猴子的唾液混合着鲜红的血液从她的伤口处流了出来。

自封为首领的猴子一声号令，长尾猴们迅速抓起所有面包，消失在了茫茫夜色中。它们奔跑着、攀爬着，寻找更多的食物。

在沿河岸几百米远的地方，一个课外活动小组就要结束活动了。一群莫斯科的孩子正在学习桑搏，这是一种苏联时代的格斗术，最初是在苏联国家安全委员会发展完善的，但现在越来越受大众的喜爱。

猴子们被屋子里面嘈杂的声音和温暖所吸引，首领猴犹豫了一下之后，领着猴子队伍从一扇敞开的窗户进入了屋子。一台暖风机正把热空气吹进大厅，少年们正忙着为晚上最后一场比赛做准备。

其中一只猴子打了个喷嚏，喷嚏的飞沫被吹入到空气中，混杂着热气飘进大厅。少年们一个个像战士一样汗流浃背、气喘吁吁，急促地呼吸着空气。

在这座有着大约一千一百万毫无戒心的居民的城市里，灾难正在蔓延。

彼得·迈尔斯站起来发言。考虑到他们的内心都承受着巨大的压力，他看上去却显得异常冷静。现在，耶格完全不能平静下来，他面临的最大的挑战是如何将妻子和孩子受辱的场面，将那句"爸爸，救救我们"抛之脑后。只有这样，耶格才可以集中精力应对接下来的事情。

至少这一次，他从影像中收集到了一些可能有用的信息，一些可能有助于他找到家人和绑架他们的人的线索。

"欢迎大家，"迈尔斯开口了，"尤其欢迎威尔·耶格和伊琳娜·纳洛芙归队。这里还有几张新面孔，请放心，他们都是我们组织中值得信赖的成员。等一下我会介绍他们，你们可以随时提问。"

在谈及关键问题之前，他花了几分钟概述耶格和纳洛芙在卡塔维保护区和内罗毕贫民窟发现的情况。

"法尔克·柯尼希透露，他的父亲汉克·卡姆勒经营着一家高度保密的灵长类动物出口公司——卡塔维保护区灵长类动物有限公司，该公司位于东非海岸附近的一座岛屿上。这些灵长类动物被空运到世界各地，用于医学研究。但这座岛屿的保密等级说得上是前所未有的。

"那么，这个猴子出口公司作为卡姆勒生物战实验室的可能性有多大呢？从发生的事情来看，可能性很大。因为在战争时期，戈特病毒之父——库尔特·布洛梅就在位于德国波罗的海沿岸的里姆斯岛建立了细菌战实验机构。原因是，在岛屿上测试病原体，病菌不太可能会扩散。简而言之，岛屿是完美的、与世隔绝的病菌孵化器。"

"但我们还是不知道卡姆勒打算用病毒干什么。"有个声音插了进来，是神岛广，他的声音一如既往地冷静和理性。

"我们的确不知道，"迈尔斯坦言，"但只要戈特病毒在卡姆勒手里，他就拥有了世上最可怕的武器，他就可能策划阴谋，想要重建希特勒的帝国。不管他具体打算用病毒干什么，单从这一点来看，就已经极其可怕了。"

"我们知道戈特病毒到底是什么病毒了吗？"又一个声音插进来，是乔·詹姆斯在问，"比如，病毒的源头？阻止病毒的方法？"

迈尔斯摇了摇头。"很遗憾，我们不知道。我们在所有的研究里都没有找到该病毒曾经存在的记录。据官方文件记载，该病毒是由两名党卫队军官——中尉赫尔曼·沃思和奥托·拉恩发现的，但据记载，两人都死于'意外事故'。根据官方记录，这两人当时徒步去了德国的阿尔卑斯山地区，结果迷路了，冻死在雪地里。但按照布洛梅自己的说法，是这两个人发现了戈特病毒，结果病毒害死了他们。简而言之，纳粹党人已经抹去了所有官方有关戈特病毒的记载。"

"那么，最关键的问题是，"耶格试探着问，"卡姆勒的岛在哪里？我知道我们已经确定了它的位置。"

"做这种工作并不需要太大的地方，"迈尔斯回答，"要找一块里姆斯大小的土地作为病毒实验的基地，东非海岸附近大约有上千个地方符合条件，因此寻找这个地方变成了一个挑战。也就是说，直到……"

迈尔斯的目光在在场的人身上扫视，最后他的目光停留在一个与众不同的人身上。"说到这里，我把介绍的工作交给朱尔斯·霍兰，他会介绍得更加清楚明白。"

一个蓬头垢面的人拖着脚步走到前面。他身材肥胖，衣着邋遢，灰白的头发扎成一个凌乱的马尾辫，看起来和这个地下防御工事格格不入。

他转过身来面向观众，笑了笑，露出了龅牙。"我是朱尔斯·霍兰，但是所有了解我的人都叫我耗子捕手，简称耗子。我是一名计算机黑客，但大多数时候，我为好人工作。可以说我的工作效率很高，当然，通常我工作服务收费也相当高。"

"我是通过威尔·耶格的介绍，才来到这里的。"他微微鞠了一躬，"我必须说，我很高兴能为大家服务。"

耗子看了一眼彼得·迈尔斯。"这位先生给我提供了情报，信息并不多：帮我找一座面积不大的岛屿，一个纳粹疯子可能在那里建立了细菌战实验室。"他停顿了一下说，"我了解了这件事情的大概情况后，横向思维了一下。无论那个纳粹疯子建立的是不是细菌战实验室，有一件事我们能肯定，那就是那里有一个经营灵长类动物出口业务的机构。这就是突破口，而猴子是突破口的关键。"

霍兰用手向后捋了捋他的头发，有几缕头发散落了下来。"猴子是在卡塔维保护区及其周围地区捕捉的，然后用飞机把它们运送到岛上。这样一来，每一班飞机都会留下痕迹，无数航班会留下无数痕迹。所以我……呃……未经批准访问了坦桑尼亚空中交通管制部门的电脑，结果此次访问收获颇丰。"

"我发现在过去的几年里，有三十班 KRP 航班引起了我的注意，它们都飞往同一个地方。"他停顿了一下，"距离坦桑尼亚海岸大约一百英里处的马菲亚岛。没错，'马菲亚'在西西里语里是'坏人'的意思。马菲亚岛是一个受人欢迎的高端旅游胜地，属于一个列岛，也称作群岛。列岛的最南端有一座与世隔绝的小岛叫小马菲亚岛。

"大概二十年前，小马菲亚岛是一座无人的荒岛。只有当地的渔民去过，他们停靠到岛上修理木船。小马菲亚岛丛林茂密，很明显，那里没有淡水，所以没有人能在岛上停留很久。

"二十年前，一个外国人把它买了下来。很快，就连渔夫也不再去岛上了。占领了那座岛的人一点都不友好，说得更确切些，和人一起搬上岛的还有一群猴子。事实证明，那些猴子不怎么受人欢迎。许多猴子都得了很重的病，目光呆滞，样子看起来就像行尸走肉一般，而且身上还流着很多很多血。"

霍兰沉着脸看着观众。"当地人为这座岛取了一个新名字，我认为这个名字很贴切，他们称它为瘟疫岛。"

"小马菲亚岛，也就是瘟疫岛，是卡姆勒的灵长类动物出口基地，"霍兰解释，"仅仅凭借空中交通管制记录就可以证明这一点。至于此地还可能是什么场所，以及我们要怎么做……嗯，我想这取决于你们，取决于在座的各位先生以及女士。"

他的目光搜寻到耶格，继续说道："在你提问之前，我的朋友，我要说：没错，我确实留下了我常用的签名'黑客耗子到此一游'。按理说一个人随着岁月流逝应该变得更加成熟，但我似乎就是积习难改，没办法。"

耶格笑了笑，"耗子捕手"是本色不改，真是特立独行的天才，一直都无法无天，敢于打破常规。

霍兰回到座位上，彼得·迈尔斯走了上去。"朱尔斯讲的话听起来很轻松，但事实上远非如此。多亏了他，我们才确定了那座小岛的位置。现在，我们来想象一下噩梦般的情景。卡姆勒以某种方式将他的病毒运离小岛，然后在全世界范围内释放。而他和他的朋友们都接种了疫苗，可以坐在某个安全的地方观望着这场即将到来的全球性灾难。他们很可能是在某个地下洞穴。确切地说，他们所在的安全的地方，就是与这个基地类似的地方。

"与此同时，戈特病毒开始起作用。我们所知道的类似病原体是埃博拉病毒。埃博拉扎伊尔病毒的致死病毒量是五百个病毒粒子，只需要一个人类细胞就能孵化出来这个数量。换句话说，一个感染者血液里携带的病毒量可以感染数十亿人。

"通过空气传播，极少量的埃博拉病毒便可以摧毁一个地方。通过空气传播的埃博拉病毒就像钚①一样有强大的破坏性。确切地说，它比钚要危险得多，因为它与钚不同，它是活的，会不停地复制、繁殖，呈几何级数增长。

"这就是埃博拉病毒会带来的噩梦，我们已经研究了近三十年这种病毒。而现在我们面对的是一个完全未知的病毒，一个难以想象的凶恶杀手，感染了必死无疑，人类对它的免疫力为零。"

说到这里，迈尔斯停顿了一下。他再也无法掩饰

---

① 钚：一种具强放射性、强毒性的化学元素。化学性质活泼，在空气中易氧化着火，能与许多金属形成合金。

眼中的担忧。"如果人类感染了戈特病毒，这将造成彻底的毁灭，我们所熟知的世界将不复存在。如果卡姆勒成功释放出了病毒，他就可以坐视病毒发挥其邪恶力量，之后，接种过疫苗的人重新组建一个全新的世界。因此，女士们，先生们，请原谅我有些夸张，但是为了整个人类，我们必须阻止卡姆勒传播病毒。"

他向听众中一个头发花白、面容愠怒的男人做了个手势，继续说："好了，下面我要请美国中央情报局局长丹尼尔·布鲁克斯发言。作为开场白，我只想提一点，对于此事，我们这位最大的靠山非常重视。"

"女士们，先生们，"布鲁克斯开始粗声粗气地说，"我长话短说，你们做得很好，成果显著。但是，这仍然不够，还不足以给我局的副局长汉克·卡姆勒定罪。我们需要找到确凿的证据，目前这座岛上的基地很有可能只是一个针对灵长类动物出口业务的疾病控制中心。"

布鲁克斯阴沉着脸说："虽然我讨厌这么做，但我必须小心行事。因为卡姆勒有许多有权势的朋友，甚至包括美国总统这样级别的人。没有确凿的证据，我不能动他。想办法给我拿到证据，之后你们会得到美国军方和情报机构所能提供的一切支持——所有资源和所有便利条件。与此同时，有一些秘密资源可以供你们使用，是以非官方的方式提供的，这点我补充一下。"

说完，布鲁克斯坐了下来，迈尔斯对他表达了感谢，然后说："还有最后一件事，耶格和纳洛芙离开卡塔维保护区时，他们开的是卡塔维旅馆的丰田车，而他们的路虎车在同一时间由两位旅馆工作人员开走了。几个小时后，路虎车被一架'死神'无人机击毁。毫无疑问，因为汉克·卡姆勒认为耶格和纳洛芙都在车上，所以布置了击毁车辆的任务。简而言之，他知道我们在追踪他。追踪还在继续——我们追踪他，他也在追踪我们。

"我要提醒你们：只要你们使用任何个人通信设备，他就会追踪到你们，因为他手下有美国中央情报局的技术骨干。如果你们使用了不安全的电子邮箱，那你们就完蛋了。如果你们使用内部地址，他也会追踪到这儿。不是捕杀他，就是被他捕杀。你们只能使用这里提供的通信系统，安全加密了的系统，不要心存侥幸。"

迈尔斯依次扫视了在场的每个人，他说："千万别犯错，如果使用普通通信工具，如果你们在公开的网络上发送电子邮件——你们就死定了。"

第 十 二 章

卡姆勒的阴谋

横跨大西洋五千英里的地方，邪恶的阴谋策划者正在为一条重要信息做最后的润色。卡姆勒的"狼人"——第三帝国真正的子民们，那些坚持了七十多年的人——准备收获了。

巨大的回报。

收获的时机将近。

汉克·卡姆勒的眼睛在阅读最后几段的信息，最后再修改一下。

召集你们的家人，一起前往你们的庇护所。已经开始了，病毒已经释放出去。六个星期后你们就会看到效果了。你们有时间安排好家人，那些和我们作对的人将自食其果。我们这些被选中的人——珍贵的少数精英——站在了新时代的边缘，将赢来新的黎明。

这将是一个新纪年，帝国的子民们——雅利安人——将一举夺回我们应得的财富。

从此，我们将以元首的名义重建帝国。

我们将摧毁旧世界，重建新世界。

帝国的荣耀将属于我们。

未来是属于我们的。

汉克·卡姆勒写于中国香港

卡姆勒读了一遍，觉得写得很好。

于是，他的手指用力按下了"发送"键。

他靠着真皮座椅，目光移到了桌子上相框里的一张照片上。照片中穿着细条纹西装的中年男子与卡姆勒有着惊人相似的面容：一样的鹰钩瘦长鼻子，一样充满了傲慢的冰蓝色眼睛。从他们相同的眼神中不难看出，他们认为自己生来就应享有权力和特权，并且一直到老。

不难想象，他们是父子关系。

"这一天终于来了，"坐着的卡姆勒低声说道，像是在对着照片说话，"未来是属于我们的。"

他目不斜视地盯着照片又看了一会儿，但他的眼睛显然没有在看照片，而像是两个危险的黑洞，正在吞噬所有美好的事物。所有的生命，所有的纯真，都要被吸了进去，残忍无情，令人窒息。

伦敦，卡姆勒正想着这座城市。伦敦是英国政府的所在地，也是已故首相温斯顿·丘吉尔作战指挥部的所在地。当年，就在人们认为反抗似乎都是徒劳的时候，丘吉尔在那里策划了反抗希特勒光荣帝国的计划。

可恶的英国人坚持了那么久，一直坚持到美国参战。当然，如果没有英国和美国的话，第三帝国定会取得胜利，并像元首预计的那样，统治上千年。

伦敦。黑暗已经开始笼罩在它的上空。

想到这里，卡姆勒敲击了几下键盘，调出了他的加密网络电话软件，拨通了电话。一个声音传了过来，有人接听了电话。

"告诉我，我的动物们怎么样了？"卡姆勒问，"卡塔维保护区呢？尽管当地人贪婪无比，但我们的大象正在茁壮成长，对吗？"

"大象的数量每天都在增加，"法尔克·柯尼希回答，"冲突越来越少了，尤其是自从我们的朋友伯特和安德烈娅——"

"别跟我提他们！"卡姆勒打断他，"虽然他们消灭了黎巴嫩商人及其同伙，但相信我，他们这么做并不是一点私心都没有的。"

"对此，我也一直有所怀疑……"法尔克的声音渐渐小了下来，"但不管怎样，他们还是做了一件好事。"

卡姆勒哼了一声。"离我要达到的目标差远了。我的意思是要把他们都杀了，包括每一个偷猎者、象牙商人和最终的买家——杀了他们所有人。"

"那为什么不雇佣伯特和安德烈娅呢？"柯尼希坚持道，"他们是好人，还是专业人士。尤其是安德烈娅，她是真正的野生动物爱好者。而且他们是退役军人，正需要一份工作。如果想打败偷猎团伙，您可以用他们开展反偷猎活动。"

"没必要，"卡姆勒厉声说。"你喜欢他们，是吗？"他的声音透着嘲弄，"想交一些不错的新朋友？"

"从某种程度上来说，您说得对，"柯尼希顶了一句嘴，"没错，我就是喜欢他们。"

卡姆勒的声音温和了下来，但是听起来却更加阴森了。

"儿子，你是不是有什么事情瞒着我？我知道我们的意见可能有所不同，但我们的关键利益仍然是一致的。守护好保护区，保护好野生动物群才是重要的。没有什么可以威胁到卡塔维保护区，对吗？"

卡姆勒感觉到了儿子的迟疑，他知道儿子怕他，或者更确切地说，是怕那些执法打手，他有时会派那样的人去卡塔维保护区，比如说现任的打手就是剃着可怕光头的琼斯。

"你知道的，如果你隐瞒了什么不应该隐瞒的事情，"卡姆勒用甜言蜜语哄骗着他说，"最终受苦的还是那些野生动物，比如，你的大象、犀牛，我们所有心爱的动物们。你明白这一点，对吗？"

"我只是……跟他们提到了那个孩子。"

"什么孩子？"

"那个贫民窟的孩子，几个月前来到了这里。这不是什么重要……"柯尼希的声音再次变小，最后没了声音。

"如果真的不重要，就没有理由不告诉我，对吗？"卡姆勒继续哄骗着，这次说话的语气中带着威胁。

"只不过是一个男孩偷乘飞机航班的故事……这对其他人来说，没有任何意义啊。"

"你是说那孩子是从贫民窟来的？"卡姆勒沉默了好一阵子，"我们需要弄清楚这件事……好吧，我很快会去你那里和你见面，就在接下来的四十八小时内。那时，你可以告诉我一切。我现在先去处理几件事。同时，一名护士也会去你那里，她需要给你打一针，你小时候得过一种病，还需要打后续的治疗针。那时你还太小，肯定记不清了。不过，你相信我，作为预防，值得打这一针。"

"父亲，我已经三十四岁了，"柯尼希抗议道，"我不需要人照顾。"

"她已经在路上了，"卡姆勒不容置疑地回答，"我随后也会飞过去，会回到我的庇护所。我到那儿之后，希望你能告诉我有关那个男孩——就是那个贫民窟孩子的一切。我们得好好聊聊……"

卡姆勒说了声再见就挂断了电话。

法尔克并不是完全符合卡姆勒期望的儿子，但是，他也并非完全一无是处。他们对同一件事情抱有同样的热情，那就是保护动物。而在卡姆勒的美丽新世界里，野生动物、自然环境将再次上升为重要话题。而这个世界面临的各种危机，比如全球变暖、人口过剩、物种灭绝、栖息地破坏，很快都会得到解决。

卡姆勒曾使用计算机模拟预测即将到来的疫情会导致的死亡人数。世界人口将大幅减少，锐减到仅几十万人。

人类是这个地球上真正的瘟疫。

他们终将被瘟疫之母消灭。

一切都太完美了。

一些偏僻之地的人无疑会幸存下来，那些生活在偏远的、人迹罕至的岛上的人，或者是藏身于丛林深处的部落。当然，理应如此。毕竟，第四帝国需要一些原住民——劣等人——做他们的奴隶。

希望疫情结束后，法尔克能理解这一切。无论如何，他是卡姆勒仅有的孩子，他的妻子在分娩时死亡，法尔克是他们第一个，也是唯一的孩子。

卡姆勒下定决心，只要第四帝国崛起，就让他继承这份伟业。

接着，他拨通了另一个网络电话。

话筒中传来一个声音。"我是琼斯。"

"你有一个新任务，"卡姆勒说，"有关一个贫民窟的孩子来到卡塔维旅馆的故事，我特别感兴趣。给那里的两位工作人员买几瓶啤酒，他们定会乐意相告的。先试试安德鲁·阿索科，如果他什么都不知道，就找弗兰克·基科耶，有情况向我汇报。"

"收到。"

"还有一件事，一名护士今天将带着疫苗去找我的首席动物保护主义者，法尔克·柯尼希，请确保他允许护士给他打针，我不在乎你是否强行控制住他，但是一定要让他接受注射。明白吗？"

"明白。打针，调查一个孩子的故事。"琼斯停顿了一下，"但是，请告诉我，我什么时候可以做一点真正有意思的事情呢，比如，痛打耶格？"

"刚刚接到的这两个任务就很重要，"卡姆勒厉声道，"先把这两件事搞定再说。"

说完他就挂断了电话。

说实话，他并不喜欢琼斯，但琼斯是一个办事效率很高的杀手，这才是最重要的。等到琼斯来领取他的第一张丰厚的薪水支票时，卡姆勒会让他生不如死，他和其他人一样……属于没被选中的人。

倒是有关那个贫民窟孩子的事情让他感到担忧。几个月前，卡姆勒收到报告，称岛上的一处墓坑被人动过了，他们原来认为可能是野生动物干的，但是有没有可能是有人没死，逃了出去？

无论是哪种情况，琼斯都一定要弄明白。卡姆勒把烦恼放在一边，再次打起精神。

帝国的复兴伟业，几乎就要靠他们来实现了。

第 十 三 章

空降瘟疫岛

正如耶格所熟知的那样，如果你想要让一小队精锐战士高速且低调地前往一个遥远的目标地点，最好使用民用喷气式客机。

这支队伍可以乘坐普通飞机，冒充商业航空公司的真正航班，沿着开放的商业航行路线和高度飞行，飞越各个国家和大洲。一旦抵达目标地点上空，他们就进行高空跳伞，避开雷达的探测。而飞机则继续前往目的地，仿佛没有发生任何异常。

通过美国中央情报局局长丹尼尔·布鲁克斯的暗

中支持，耶格和他的队员们在最后一刻被添加到了英航987客机的旅客名单上，这趟航班是从柏林舍内菲尔德机场出发到澳大利亚珀斯的。到达目的地时，英航987客机将减少六名乘客，他们将于当地时间凌晨四点在东非海岸的某个地方离机。

因为飞机内部和外部之间存在巨大的气压差，飞机飞行途中客机的舱门是无法打开的。飞机的舱门是"塞拉门"，它从飞机里面关上，通过客舱里面更大的气压保持舱门一直紧闭。即使飞行途中有人想要打开舱门，气压差也会使舱门无法向内拉动打开。

但这架波音客机上特别改装过的舱门和"跳伞笼"就不属于以上情况。

在与英国特种部队签订的一份绝密协议中，据说有一两架英航的标准客机被进行了改装，方便这次隐蔽的高空跳伞。他们在机身中隔离出一个区域，建造了一个加固钢舱，配有一个人体身形大小的跳伞舱门。987航班就是其中一架经过特别改装的飞机。正是通过这种方式，耶格和队员们才能跃进那稀薄而又令人惊叹的蓝色大气层中。

队伍成员成对分散在飞机内，耶格和纳洛芙的运气好，他们坐的是头等舱。飞机起飞前几小时他们才接到通知，飞机上当时仅剩几个空位，还是布鲁克斯一直争取才强行让他们上飞机的。这显示了大公司的默契配合，美国中央情报局局长自然为此感到高兴。像他一样有权有势的人发话时，人们往往会为其提供便利。

英航987客机上的飞行员，以前驾驶过战斗机，当飞机飞到一个特定的GPS坐标上空时，他将打开跳伞舱门。他还要确保每一个警报系统都暂时失效。这种操作并不危险，而且舱门只会半开数秒。

耶格和他的队伍要避开其他乘客的视线，在飞机机组人员舱内换上他们的高空跳伞装备。波音747-400客机的跳伞舱与飞机内的其他区域不同，这里可以进行单独减压。跳伞舱的一侧堆了六个背包，包里鼓鼓囊囊的，旁边还有一堆高空跳伞人员用的装备和武器。

在他们跳下飞机后，跳伞舱门就会关闭，英航987客机继续飞行，仿佛从未发生过乘客中途离机的事件。

空降进行得如此迅速和隐秘，原因很简单。时机非常关键，如果小马菲亚岛正如他们怀疑的那样，卡姆勒的监控和安保级别必定是一流的。他无疑会利用一些美国中央情报局的硬件装备——卫星、无人机、侦察机——轮流对岛屿上空进行不间断的监视，更不用说他在地面也安装了安保系统。

丛林里的任何攻击都是近距离的，因为那里的能见度充其量不超过几十米。放在波音747-400客机跳伞舱里的是：六把德国黑克勒-科赫MP7冲锋枪，一挺枪管超短的轻机枪，总长度只有二十五英寸^①，非常适合近距离作战和丛林作战。

每件武器都装有消音器，能消除其发出的独特声音。MP7配备装有四十发子弹的弹匣，威力十足，特别是装上特制的穿甲子弹时。DM11终极战斗子弹是合金镀钢芯结构，非常适合打穿卡姆勒在岛上建立的任何建筑物或掩体。

耶格的队伍共有六个人，他们预计岛上的人数会远远超过他们。他觉得，一切都预料到了，不会有什么令人意外的情况。

———————

① 英寸：英美制长度单位，1英寸 = 2.54厘米。

刘易斯·阿隆索和乔·詹姆斯负责准备这次跳伞的装备和降落伞。从大约四万英尺高的飞机上跳下需要非常专业的高空装备。神岛广为他们选择了防护服，他是核武器和生化武器的防御专家。

在这样的地方发起任何攻击都是很艰难的。丛林里环境恶劣，极不适合执行任务。而且，这里的丛林不是普通的丛林，一定到处都有卡姆勒的警卫人员和实验室工作人员。

此外，丛林里很可能充斥着各种患病的、被感染的灵长类动物。在这种情况下，丛林就必定要被视作生物危害等级为四的危险区。四级生物危害是最高的危险等级，表示这个地区受到了前所未有的致命病原体的污染。

所有证据都表明，小马菲亚岛——瘟疫岛——正充斥着这样的危险。耶格和他的队员们不仅要与丛林中卡姆勒的警卫人员作战，还将面对那里到处肆虐的致命病原体。

要是被一只感染了病原体的疯猴子咬上一口，或是被尖锐的树枝绊倒，手套、面罩或靴子被扯烂；或是子弹或弹片划破了防护服，身体有了伤口——以上任何一种情况的发生都会使他们更容易受到病原体的感染，而且无法治愈。

为应对病原体的威胁，他们会穿着生物四级"太空服"——类似于宇航员穿的衣服。"太空服"里将被持续泵入过滤后的干净空气，让防护服内始终保持正压力。

如果防护服被划破，大量涌出的空气会阻止致命病原体进入防护服——或者说至少可以提供足够长的时间，让行动队员用胶布封住被划破的口子。每个队员都会带一卷结实的电工胶布，它是四级生物危害区作战人员的重要工具，随时可能派上用场。

耶格又往他的豪华座位里边靠了靠，试图把担忧和恐惧抛到脑后。他需要放松，需要集中注意力，也需要休息来恢复体力。

正要睡着时，纳洛芙的声音响起，他完全清醒了过来。

"希望你能找到他们，"她平静地说，"找到他们两个，而且是活着的两个人。"

"谢谢。"耶格小声说。"不过，现在这个任务——它比我的家人更重要。"他看了纳洛芙一眼，"它关乎我们所有人。"

"我知道。但对你来说，你的家人……找到他们……爱是人类最强烈的情感。"她看了耶格一眼，眼中闪耀着一股炽烈的光芒，"我早该知道的。"

耶格也感受到了他们之间越来越紧密的关系。经过之前几个星期的合作，他们好像已经变得密不可分了，仿佛没有了对方，另一个人就不能执行任务，不能正常工作似的。他非常清楚，救出露丝和卢克后，这一切都会改变。

纳洛芙有些伤感地笑了笑。"我的话多余了，我总是这样。"她耸了耸肩说，"我们是不可能的，所以，让我们忘记一切吧。忘记我们之间的一切，然后上战场。"

一架波音747-400客机在大约四万英尺的高空飞行，从这样的高度——大约比珠穆朗玛峰高一万一千英尺——往下跳需要一些高科技装备，更需要事先严酷的训练。

特种部队的技术人员已经针对这样的跳伞行动，开发出了一种全新的系统，称为 HAPLSS——高空伞兵生命保障系统。

在四万英尺的高空，空气非常稀薄，人必须依靠氧气瓶呼吸，否则会迅速窒息而死。但是，除非混合的氧气比例适当，不然，跳伞人员可能会出现高海拔低气压造成的疾病反应，通常被称为"减压病"——戴水肺的潜水员从水深处上浮时会患上的病症。

正常高空跳伞的高度大约为三万英尺，产生的终极速度——人自由落体的最大速度——约为每小时三百二十千米。但是空气越稀薄，坠落的速度就越快。从四万英尺的高度跳下，终极坠落速度差不多是每小时四百四十千米。

如果耶格和他的队员们在那样的坠落速度下将他们的降落伞打开，他们要么会因为拉力身受重伤，要么会伞顶爆裂。降落伞打开时，他们可能会听到一连串如电池炸裂般的噼里啪啦声，只留下撕碎的破布在他们上空无用地飘动。

简而言之，如果他们在超过三万五千英尺的高空打开降落伞，以那样的终极速度，他们都不太可能活着降落到地面。因此，HAPLSS 的标准操作程序是先以自由落体的速度降到两万英尺的高度，再靠浓度更高的空气减慢他们的坠落速度。

耶格坚持用"空中之眼"盯着目标地点，这是不间断监视瘟疫岛的空中利器。因此，彼得·迈尔斯与英国混合动力飞行器公司取得了联系，该公司制造了世界上最大的飞行器，即"天空登陆者 50"。

"天空登陆者 50"是一架现代飞艇，里面充的是氦气——而不是氢气——是完完全全的惰性气体。与第一次世界大战中著名的"齐柏林"飞艇不同，这种飞艇不会瞬间爆炸成一团火焰。其艇身长四百英尺，宽两百英尺，为了执行长时间大范围的监视任务，它还配备了最先进的雷达和红外线扫描仪。

它的巡航速度为一百零五节，航程为两千三百二十海里，有能力飞到东非海岸。还有一个优势，飞艇上的机组人员与耶格和他的队员曾在亚马孙丛林的任务中密切合作过。

一旦越过东非海岸，"天空登陆者 50"将绕着轨道飞行，直到任务完成。它不需要直接在小马菲亚岛上空监视，在七十千米外的高空履行职责就可以了。

此外，"天空登陆者50"还安排了一重掩护，以防引起卡姆勒的注意。在印度洋这片水域的下面，蕴藏着世界上最丰富的天然气。一个全球知名的石油公司正在勘探该地区的几个开采点。按照官方说法，飞艇正是受该石油公司的命令，在此地执行航空勘探任务。

"天空登陆者50"已于大约三十六小时前到达了小马菲亚岛上空。从那以后，飞艇传回了许多监控照片。丛林似乎没有遭到破坏——除了一个泥地机场，跑道长度只够起降一架"水牛"运输机或类似大小的飞机。

无论卡姆勒在哪里安置他的猴舍、实验室和人员住宿，这些地方似乎都被巧妙地隐藏了起来——要么位于茂密的丛林树冠下，要么在地下。这使得队伍的任务更加具有挑战性，这反过来又使"天空登陆者50"更有优势。

派往东非的"天空登陆者50"实际上是该机型的绝密改良版。悬挂在巨大球形机体下方的机尾吊舱是一个货舱，通常用于装载任何可能携带的重物装备。但是这艘飞艇也有些与众不同，它还是一艘空中航空母舰和一座炮台，威力极大。两架英国"雷神"无人机——一种超高科技隐形战机——停在货舱内，货舱同时又是装备精良的飞行甲板。

"雷神"无人机以凯尔特神话中的雷神塔拉尼斯命名，机翼展开有十米，比一般飞机只长了一点点，机身仅是美国"死神"无人机的三分之一。它的速度为一马赫——大约每小时飞行七百六十七英里，飞行速度是一般飞机的两倍。"雷神"有两个内部导弹舱，攻击力凶猛，加上新颖的隐身技术，任何敌人都看不见这架无人机。

将"天空登陆者50"设计为拥有航母功能的灵感来自第二次世界大战前的一架战机，美国"梅肯号"飞艇。它是世界上第一艘——也是迄今为止唯一的一艘空中航母。"梅肯号"采用的是距今几十年前的技术，在其雪茄形状的艇身下方悬挂了一连串的吊架。"雀鹰"双翼飞机能够在飞艇下方飞行，还可以将自己悬挂到这些吊架上，之后飞艇能够将它们吊进舱内。

受到"梅肯号"的启发，"天空登陆者50"还搭载了一架 AW-159"野猫"直升机———一种快速且高度机动，能够搭载八名士兵的英国直升机。一旦耶格和他的队伍任务完成，"野猫"便能将他们带离小马菲亚岛。

耶格热切地希望，到那个时候他们总共是八个人———露丝和卢克也能加入。

耶格确信他的妻子和儿子被关押在岛上。事实上，他有证据证明这一点，尽管他没有向其他任何人提起过。这件事他不准备让别人知道，因为这件事利害攸关，他不想有人妨碍他完成这个首要任务。

在卡姆勒通过电子邮件发送给他的照片里，露丝和卢克跪在笼子里，笼子的一侧印有一行褪色的字：卡塔维保护区灵长类动物。

猎人———耶格———正在接近这个保护区。

从波音 747-400 客机跳伞舱门那黑色的口子中跳下，就像跳进了一口棺材一样———但别无他法。

耶格纵身跃进翻腾而又空寂的黑暗中，瞬间碰上了波音 747-400 客机那飓风般强烈的气流。飞行员已经放慢了飞机的时速，但他仍然感受到了周围气流的猛烈冲击，因为就在他头顶上方，巨大的喷气发动机像龙一样发出呼哧呼哧的轰鸣声。

片刻之后，他经历了最糟糕的时刻，像一枚人形导弹一样迅速向地球坠落。

在正下方，耶格只能辨认出刘易斯·阿隆索模糊的轮廓，他是在耶格前面跳下的人，在黑暗的夜空中像一个颜色更深的黑点。耶格稳了稳身体，然后以头顶俯冲的姿势加速向下坠落，想要赶上阿隆索。

耶格双臂紧紧贴放在身体两侧，双腿绷直，就像一枚巨大的导弹坠向大海。他一直保持着这样的姿势，直到离阿隆索只有五十英尺时，他才放松了四肢，恢复星形姿势。由此产生的阻力减缓了他的坠落速度，让他稳定了身形。

之后，他转头面向那股强劲的气流，在天空中寻找纳洛芙的身影。在这组伞兵中她排第五个。她在他们上空两百英尺的位置，但在加速追赶他们。还有一枚人型导弹紧跟在她后面，他是最后一个跳下的人——神岛广。

在神岛广上方较远处，他只能依稀辨认出英航987

航班在黑暗中前进的模糊轮廓，正消失在茫茫夜色中。机身灯光闪烁，令人心安。有那么一瞬间，他的思绪飘到了乘客们的身上：他们或许在睡觉，或许在吃东西，或许在看电影——过得很幸福，却对他们在这场逐渐展开的戏剧中扮演的小角色浑然不知。

而这场戏剧将决定他们所有人的命运。

从四万英尺的高空跳下，耶格和他的队友们只有六十秒的时间自由坠落。他快速看了一眼他的高度计，他需要密切注意他们的高度，否则他们可能会错过降落伞打开高度，摔得粉身碎骨。

与此同时，他脑海里飞快闪过突袭计划。他们设置的跳伞点是目标地点以东十千米处的公海上空。这样的话，他们既可以飘在伞下不被发现，又能正好降落在瘟疫岛的范围内。

拉夫是伞兵队的领队，选择精确的着陆点是他的职责。他选择了一个没有树木或其他障碍物，也明显没有敌军的位置。目前的重点是保证伞兵队的队员在一起。如果有人在自由坠落过程中不见了，那将不可能再找回这个人。

耶格看到在他下面很远的地方，黑暗中亮光一闪，第一顶降落伞伞盖展开了。

他迅速瞄了一眼高度计，需要打开降落伞了。于是，他伸手去拉胸前的开伞手柄。片刻之后，弹簧式引导伞会向上打开，将主伞也随之拽出。

耶格做好准备迎接主伞打开，到时耳边会出现因空气阻力增大、下降速度急剧降低而导致的震耳欲聋的呼啸声。他期盼着接下来会发生的事情——平静而相对安静地降落，这样他就有时间在脑海中再过一遍突袭计划。

但是什么也没发生。他本来应该看见降落伞在头顶上空的黑暗中绽放的模糊轮廓，此刻却几乎空空如也，只有一团看起来缠绕在一起的东西在气流中胡乱飞舞。

这些东西在疯狂地旋转和扭动着，耶格立即明白了是怎么回事。降落伞的一根绳索和主伞伞盖缠绕在一起了，伞打不开了。

他可能还有一线机会，通过反复拉动制动绳，让缠绕的伞绳解开，完全或局部打开降落伞，这样做，也许可以避免剪断主伞绳索，不需要用到备用伞。

但形势似乎对他很不利。

几秒钟后，他就从阿隆索身边坠落。到现在为止，他已经多坠落了一千英尺，每一秒都让他离撞击水面、粉身碎骨更近一步。以这种速度坠落海洋，水面无异于坚硬的水泥地。踏入浴缸洗澡时，水感觉起来是柔软的、舒服的，然而以每秒几百英尺的速度栽进水里，人必死无疑。

现在，耶格身体里的肾上腺素正在燃烧，就像一场浇了汽油的森林大火。

疯狂地尝试过几次解绳索后，耶格发现绳索缠绕得太紧了。他别无选择，只能剪断主伞。他抓住连在胸前索具上的备用伞手柄。

"是时候放手一搏了，"他大声喊着对自己说，"是时候拉开这该死的手柄了。"

不管耶格在跳出舱门或自由坠落过程中到底是如何计划的，现在他面前只有一个行动方案。他伸手扯掉肩膀上的紧急释放装置，放弃了主伞。主伞飞快地朝他上方飞去，消失在黑暗中。

之后，他抓住备用伞手柄，用尽全力一拉，打开了备用伞。片刻，只听到砰的一声，一顶宽大的降落伞就像一面涨满了风的船帆一样，在他头顶绽放开来。

接下来，伞下方的耶格陷入沉寂和静止中，他不断祷告致谢。他抬起头检查了一下备用伞伞盖，一切正常。

他比其他人多降了三千英尺的高度，这意味着他必须大幅放慢下降速度。他伸手去拿手持式转向开关，猛地一拉，使空气灌满了整个伞盖，并做了一些小幅度调整，以降低降落速度。

他瞥了一眼自己的脚下，寻找伞兵队的领队拉夫。他飞快地放下挂在头盔上的夜视镜，并切换到红外线模式扫视着夜空。他在寻找"红外线萤火虫"——一种红外线闪光元件发出的微弱频闪。

可耶格到处都没找到，他一定是从伞兵队的第四号变成第一号了。他头盔的后部也安装了一个类似的红外线闪光元件，所以他希望其他人能够追踪到他。

他按下了GPS装置上的指示灯按钮，仪器上显示的是一条虚线，联结着他目前的位置和他们打算降落的确切位置。他让 GPS 一直亮着，在这个高度——大约两万英尺的高空——没有人可以从地面上看到它的亮光。他估计自己正以大约每小时三十海里的速度顺风向西下降。再过八分钟，他们应该就能飘飞到瘟疫岛的上空了。

耶格穿着戈尔特斯面料的 HAPLSS 套装，里面是全套御寒服装，在戈尔特斯面料的加厚手套里面还有一双保暖的丝质手套。即便如此，在他调整飞行线路以便其他人赶上时，他的手还是冻得抽筋了。

在短短几分钟内，五只"红外线萤火虫"出现在了他上方的夜空中，伞兵队所有成员终于齐了。他让拉夫超过他，到了领头的位置，六个孤独的身影从黑暗的世界之巅继续往下降落。

耶格之前研究过"天空登陆者 50"传回来的瘟疫岛的监控照片，那里似乎只有一个可行的着陆点——岛上的泥地机场。那里很可能戒备森严，但那是唯一一块没有任何树木遮挡的显眼的地方。

他不喜欢这个地方，其他几个人也不喜欢。降落在那里无异于羊入虎口。但是只有泥地机场那一个地方可以选择。

神岛广已经简要介绍了他们着陆后重要的后续行动。这些行动并不怎么好办。

他们需要找到一个地方，在那里脱下 HAPLSS 高空跳伞装备，换上生物四级"太空服"。而这一切都很可能使他们陷入危险。

厚实的 HAPLSS 套装提供了维持生命的温度和氧气，但是在四级危害区它们能提供的保护极为有限。队伍需要一个安全的环境，以保证能在那里戴上空气净化呼吸器和穿上太空服。

这套装备包括 FM54 面罩——与他们在营救莱蒂西亚·桑托斯时所戴的一样——通过一根 S 形的耐压软管连接到一系列使用电池的过滤器上，过滤器背在行动队员的背上，就像是来自太空时代的背包。该过滤装置将干净的空气泵入笨重的太空服内，橄榄绿的特瑞尔肯 EVO 1Bs 防护服，采用诺梅克斯面料，具有耐受化学成分的氟化橡胶涂层，能为着装者提供百分之百的保护。

从高空伞兵转变为四级危害区行动队员时，这支队伍将处于十分危险的境地。这使得那个泥地机场不可能成为着陆点。那就只剩下另一种可能：位于岛屿西侧的一段狭窄的原始白色沙滩。

科帕卡巴纳海滩，这是他们给它取的名字。从监控照片上看，在那里着陆看起来可行。退潮时，丛林和海水之间差不多会露出 50 英尺宽的海滩。一切顺利的情况下，他们会在那里换装，然后进入丛林攻击卡姆勒的基地，在漆黑而又空旷的夜晚给对方来个突然袭击。

至少他们是这么计划的。

但是必须留一个人在海滩上。他们的目的是要建立一条"湿法净化线"——由一个临时搭建的净化帐篷组成，里面配有整套清理装备。一旦队员们完成任务自丛林中返回，他们就需要把身上的防护服泡在一桶桶海水里，水里掺有一种能杀死各种病毒的强效化学药品。

给防护服消毒后，他们会脱下其他衣服，再擦洗一次，这次是给他们裸露在外的皮肤消毒。然后，他们会越过干净与肮脏的分界线进入无污染区域，丢弃他们的服装和装备。

这条分界线的一侧是四级生物危害区。

而另一侧是开放的，被海浪冲刷过的海滩——但愿是安全无污染的区域。至少从理论上讲是这样的。而神岛广——他们的核武器和生化武器防御专家，显然是负责"湿法净化线"的最佳人选。

耶格朝西边瘟疫岛的方向看了一眼，但仍然什么都看不清。此时，一阵风吹来，降落伞左右摇摆起来，雨滴啪啪地打在他裸露的皮肤上，每一滴雨水都像一把锋利的小刀片。

不幸的是，他能看到的只有冰冷而无法穿透的黑暗。

耶格跟随拉夫的路线降落时，满脑子想的都是露丝和卢克。无论结果是好是坏，一切都会在接下来的几个小时里见分晓。

过去三年一直困扰他的问题即将得到答案。他要么将解决那些看似不可能完成的事情，拯救露丝和卢克；要么将发现可怕的事实——妻儿中的一个或两个都已经死亡。

如果是后一种情况，他知道自己应该去找谁报仇。

最近，纳洛芙在和耶格执行任务的过程中，真诚地和他讲述过她的家族曾经历的痛苦而黑暗的历史；谈到她与耶格已故祖父的关系；承认她有自闭症；说起过她对他有好感——这一切已经让他不由自主地和她亲近起来。

如果耶格飞得离纳洛芙这个太阳太近，他知道自己一定会燃烧起来。

耶格和他的跳伞队友们仍然在高空中，但现有的防御系统全都无法追踪到他们。雷达信号碰到坚固的、有棱角的物体——比如飞机的机翼或直升机的旋翼桨叶——会被反弹回去，但唯独碰到人的身体就会绕过并继续前进。他们静静地飞着，没有发出任何声响，因此，不存在被人听见的风险。他们都穿着黑衣服，悬挂在黑色的降落伞下，从地面上几乎看不见他们。

他们靠近高耸的云层，云雾层层叠叠，一直堆积到了海面上。他们前面已经飞过了一层潮湿的云雾，但这个云层实在是太厚实了。他们没有办法，只能选择直接穿过。

他们飞进了这团浓密的灰色雾气中，此时，云层变得极为厚实。当耶格穿过这层不透明的物质时，他能感觉到越来越多的冰冷水滴凝结在他裸露的皮肤上，顺着脸下流，形成了一股股细流。因此，当他从另一端出来时，他已经要冻僵了。

他立刻就发现了拉夫的身影，与他同一高度，在他前面。但当他转身向后搜寻时，却没有看到纳洛芙或任何其他人。

在自由坠落时，由于气流的冲击，队员间可能会出现信号中断的情况，而在降落伞飘落的过程中，成员之间是可以用对讲机互相联系的。所以，此时耶格按下了通话键，对着话筒说话。

"纳洛芙——我是耶格。你在哪里？"

他连呼了几次，但没有收到答复。他和拉夫已经跟伞兵队的其他成员失去了联系，现在他们很有可能不在无线电波的接收范围内。

拉夫的声音通过无线电传了过来。"我们加速前进，先到达空降点，到地面上再重新集合。"空降点指的是科帕卡巴纳海滩。

拉夫说得对。在和其他成员失去联系这件事上，他们什么也做不了，而且频繁的无线电通信还可能暴露他们的行踪。

几分钟后，耶格发现拉夫加速了，开始垂直盘旋下降，直接朝着下面的岛屿和那一小片海滩飞去。然后伴随着砰的一声响，他着陆了。

在一千英尺处时，耶格按了金属分离杆按键，松开了他的帆布背包，背包往下掉落，悬在了下面离他二十英尺的地方。

紧接着，他听到笨重的背包砰的一声掉到地上。

他让降落伞展得更开一些，减缓了下降速度，几秒钟后，他的靴子重重地撞到了沙滩上，那个在月光下闪着梦幻般的蓝白色光芒的地方。他接着向前跑了好几步，降落伞的伞布随之飘落下来，在海边缠绕成一团。

他立即从右肩取下 MP7 冲锋枪，将子弹上膛。他在离拉夫只有几十米远的地方，一切安好。

"成功降落。"他对着沙沙作响的对讲机说。

他们两人在集合点会合了。片刻过后，神岛广也从夜空中出现了，降落在他们附近。

但是其他队员还是不见踪影。

第十四章

百密一疏

汉克·卡姆勒点了一瓶 1976 年产的波尔多红酒。这种酒不怎么高调，却是一种很有品质的法国红酒。他不想打开一瓶最好的香槟酒，虽然现在有很多值得庆祝的事情，但他从来都不喜欢过早地举办庆功宴。

以防万一。

他按了笔记本电脑的电源键。开机后，他的目光便在以下场景徘徊。水坑里热闹非凡，只见一只体形臃肿、身体圆胖、皮肤光滑的河马懒洋洋地躺在泥中。还有一群优雅的马羚，或是黑貂，卡姆勒从来都分不清它们——它们都喜欢对着浑浊的水面嗅来嗅去，害怕鳄鱼出现。

一切宛若天堂，这让他本已热情洋溢的心情更加亢奋。他敲了敲电脑上的几个键，调出了耶格几天前刚访问过的电子邮箱账户。卡姆勒定期查看邮箱，这样他就知道耶格在什么时候，看过了哪些消息。

他皱起了眉头。

他和史蒂夫·琼斯炮制的最新邮件还没有被打开过。卡姆勒点开了其中一封邮件，细细品味着其中的阴险意图，但同时又感到有些不安，因为他的劲敌还没有阅读邮件。

他点开一张照片，照片中，光头琼斯蹲在耶格的妻子和儿子身后，粗壮赤裸的双臂搂着他们的肩膀，脸上露出十足阴险的笑容。

照片下方还打了一行字：来自一位老朋友的问候。

真是可惜，卡姆勒自言自语道，耶格还没有看到这张照片，欣赏这一杰作。这真是绝妙之举。这反倒让他有点疑惑起来，耶格和他的手下现在可能在什么地方。

他看了看手表，今天他约了人。就在这时，砰的一声，身形魁梧的史蒂夫·琼斯，将自己庞大的身躯扔到了对面的座椅上，挡住了卡姆勒大部分的视线。

这个男人一贯如此。他的敏感程度和恐龙一般，或者说，他从来不会为他人着想。卡姆勒瞥了一眼酒，他只要了一杯酒。

"晚上好。我猜你会想要喝一杯塔斯克吧？"塔斯克是肯尼亚的一个啤酒品牌，深受游客和外籍人士的欢迎。

琼斯眯起眼睛。"我从不碰那些东西，那是非洲人喝的，跟尿似的。我要来一瓶比尔森。"

卡姆勒帮他点了一瓶比尔森啤酒。"好了，有什么新消息吗？"

琼斯倒了杯啤酒。"你的人——法尔克·柯尼希——接受注射了。他有点不情不愿，但他没有争辩。"

"还有呢？那个男孩的事有什么进展吗？"

"显然，大约在六个月前，有个孩子的确来过这里，是藏在运输机上偷渡过来的。他还带来了一个疯狂的故事，在我听来就像是胡说八道。"

卡姆勒那双爬行动物般的眼睛，露出冷酷和危险的光芒，紧紧地盯着琼斯。"这对你来说可能听起来是胡说八道，但我却想听。把你听到的都告诉我。"

于是琼斯便把故事讲了一遍，故事内容与柯尼希几天前讲给耶格及纳洛芙听的差不多。听到最后，卡姆勒差不多掌握了相关的一切信息，包括男孩的名字。显然，他认为这个故事百分之百属实。

他感到有双冰冷的爪子在撕扯着他，到了这紧要关头，他有点没把握了。如果同样的故事传到耶格的耳朵里，他会发现什么？他会推断出什么？这个故事又会将他引向何方呢？

那个男孩的故事中是否已经暴露了卡姆勒的宏大计划？他认为这不可能，怎么可能呢？七个航班都已经降落在了他们预先选定的目的地，飞机上的货物已经卸下，据卡姆勒了解，那些灵长类动物这会儿都被关在检疫隔离区了。

这意味着魔鬼已经从瓶子里出来了。

没有人能将它再装回瓶子里了。

没有人能把世界上的人从现在正在蔓延的病毒中

拯救出来。

一切都在悄悄进行。

一切都未被人察觉。

甚至未被人怀疑。

几个星期后，病毒将会探出它的头。第一波症状和流感的症状一样，这几乎不会引起恐慌，但随后会出现第一次出血。

然而，在出血之前，人类早就被感染上了，这种病毒也已经被扩散到世界的各个角落，无法阻挡。

这时，他突然想到了什么。

这个想法来得如此突然，卡姆勒被酒呛了一下。想到那不可思议的事情，他眼睛暴突，脉搏剧烈地跳动了起来。他抓起了一张餐巾纸，心不在焉地擦了擦他的下巴。那只是一个大胆的猜测，几乎不可能发生。但是，还是有一丝可能性。

"您没事吧？"一个声音问道，说话的是琼斯，"您刚才像看到了鬼似的。"

卡姆勒摆了摆手，没有回答这个问题。"等一下，"他生气地低声说，"我需要安静，让我想一想。"

　　他紧咬牙关，磨着牙齿，费力地思考着。他的脑海中思绪混乱得像一团乱麻，努力想要弄清楚如何才能更好地应对这种完全没有预见到的新危险。

　　最后，他把目光转向琼斯。"忘记我之前给你下达的任何命令。接下来，你只需要专注一项任务。我要你去找到那个男孩。需要花费多少钱，要去哪里找，要不要招募谁做你的搭档……我统统不管，我只要你找到他，找到这个该死的孩子，然后干掉他。"

　　"得令。"琼斯接受了命令。虽然不是追捕耶格，但这至少也是一场追捕，是一件他能全身心投入的事情。

　　"做这件事我还需要一些东西，比如一个出发点，一条线索。"

　　"所有这些都会提供给你。那些贫民窟的人会用手机、移动设备和移动互联网。到时我会派最得力的人去监听，通过搜索、破解和监视，他们会找到他的。等他们一找到他，你就马上去解决他，懂了吗？"

　　琼斯脸上闪过一丝狞笑。"完全懂了。"

　　"好了，去准备吧。到时候你需要出去一趟——多半是去内罗毕。你也需要帮手，去找一些人手，他们要什么，你尽管答应，不过，要保证完成这项任务。"

琼斯手里紧紧握着他那杯没喝完的啤酒，离开了。卡姆勒转身对着他的笔记本电脑。他的手指在键盘上飞快闪过，通过加密网络电话软件拨通了一个号码。电话打到一群低矮灰色建筑中的某间不起眼的阴暗办公室里。这个建筑群隐藏在位于美国东海岸弗吉尼亚州偏远乡村中的一片阴沉的森林中。

那个办公室里摆满了世界上最先进的信号拦截和追踪设备。门口的墙上挂着一块小黄铜牌匾，上面写着：中央情报局——非对称威胁分析部（DATA）。

有人接起了电话。"我是哈利·彼得森。"

"是我，"卡姆勒说，"我给你发了一个文件，是关于某个人的。没错，是我在东非度假时发的。我要你使用一切可能的手段——互联网、电子邮件、手机、旅行预订信息、护照详细信息，其他任何东西——找到他。据悉，他最后出现的地点是肯尼亚首都内罗毕的马萨雷贫民窟。"

"明白，长官。"

"这绝对是最重要的事情，彼得森。你和你的人先把手头的事放下——是所有的事——先集中精力完成这项任务，明白吗?"

"明白，长官。"

"一旦有情况立刻向我汇报。不论白天晚上，立即与我联系。"

"明白，长官。"

卡姆勒挂断了电话，他的脉搏开始恢复到正常状态。"不要太把它当回事了。"他自言自语道。与其他威胁一样，一定能够处理好的。

未来仍然完全掌握在他手中，唾手可得。

第十五章

邪恶之地

耶格的耳机里响起一阵噼啪声，有消息传过来。

"我们在云层里和你们走散了。"是纳洛芙的声音，"我们三个人花了好长时间才找到彼此，我们降落到了简易机场。"

"收到，"耶格说，"就待在那儿，我们这就去找你们。"

"还有件事，这里一个人也没有。"

"什么？你再说一遍？"

"简易机场，完全空寂无人。"

"好的，找个地方隐蔽，开着你们的'红外线萤火虫'。"

"相信我，这里一个人也没有，"纳洛芙重复道，"整个地方……全都空荡荡的。"

"我们马上过来。"

耶格和拉夫准备去找他们，留下神岛广守着湿法净化线。

耶格在沙地上摊开他在瘟疫岛行走时要用的装备。那套厚实的、耐化学腐蚀的特瑞尔肯防护服，在月光下闪烁着幽光。旁边放着一双高筒橡胶靴，外加一副厚实的橡胶手套。附近的一块岩石上，则放着一卷非常重要的电工胶带。

耶格看了拉夫一眼说："先帮我穿上。"

拉夫走过去帮助耶格。耶格的脚先踏入防护服，把衣服拉到腋下，然后套上了胳膊和肩膀。在拉夫的帮助下，耶格从里面把拉链拉了上去，然后把鼓起的球形兜帽戴上，这样他的头也完全被包裹起来了。

耶格指了指胶带，然后伸出双手。于是拉夫拿起胶带，把防护服的手腕处和橡胶手套紧紧缠在一起，然后用同样的方法处理了耶格的靴子。

电工胶带将是他们的第一道防线。

耶格拧动了一个开关，将他的呼吸装备切换成主动供气模式。微弱的嗡嗡声响起，电动马达开始送进过滤了的干净空气，防护服开始鼓起来，直到强韧的橡胶皮变得更加坚挺。防护服里已经变得很热了，穿在身上非常不灵便，束手束脚的，每次走动，还会发出声响。

神岛广帮拉夫穿好了防护服，很快，他们就准备就绪，可以踏入丛林了。

拉夫犹豫了一下，他透过面具看了耶格一眼。他的脸和耶格一样被 FM54 面罩完全盖住。这样一来，他们就有了第二道防线。

耶格看到拉夫的嘴唇动了动，他的声音在耳机里回荡，低沉而遥远。

"纳洛芙说得对，那里没有人，我能感觉到。这座岛——空无一人。"

"你还不了解真实情况。"耶格反驳。他不得不提高嗓门让自己的声音盖过气流震动的声响，这样拉夫才能听得清楚。

"这里没有人，"拉夫重复道，"我们降落的时候，你看到过一盏灯吗？看见了一丝光、一点动静或者其他什么东西吗？"

"但我们还是要搜查这个地方，首先是简易机场，然后是卡姆勒的实验室，一步一步搜查。"

"是的，我知道。不过，相信我——这里真的没有人。"

耶格透过面具看着拉夫。"如果你说的是对的，那说明了什么？意味着什么？"

拉夫摇了摇头。"我不知道，不过，这可能不会是好消息。"

耶格也有同样的感觉，他心中开始担心起别的事情来——这让他感觉身体不适。

如果这座岛上没有人，那卡姆勒把露丝和卢克带到哪里去了呢？

他们出发了，像宇航员一样，缓慢地走向那道黑暗的森林之墙，但没有相应的失重来减轻他们行走的困难。当他们笨拙地走进丛林时，两人都把短而粗的MP7冲锋枪挂在胸前。

他们一走到树冠下，周围就暗了下来，树木挡住了周围的光线。耶格按了一下装在 MP7 上的手电筒的按钮，一道光芒刺破黑暗照亮了前方的道路。

他面前是一堵几乎无法穿透的植被墙，丛林里长满了蔓生植物，还有巨大的扇形棕榈树树叶和像人的大腿一样粗壮的藤蔓。谢天谢地，他们只需要穿越几百米就能到达简易机场。

耶格在黑暗的树冠下艰难地走了几步，这时他感觉到上方有动静。只见一团奇怪的东西从树枝的阴影处向他飞奔而来，身姿柔韧得不可思议，轻盈地跳动着。耶格举起戴着笨重手套的右手挡住奔来的东西，同时左手一记马伽术中的招式锁住那东西的喉咙。

在近身格斗中，你出手必须又快又狠，而且要对准对手最脆弱的部位进行反复打击——最重要的部位就是颈部。但不管这是什么动物，事实证明，它太敏捷了。也许耶格被防护服束缚得太紧了，动作受限，他觉得自己好像陷入了浓稠的污泥中。

袭击者躲开了第一次攻击，片刻之后，他感觉有什么强有力的东西像蛇一样缠绕住了防护服脖颈的位置，那东西开始用力勒他。

那东西的力量相对它的体形来说大得不可思议。耶格的衣服开始起皱变形，强大的四肢缠住他的头部，他感到自己的肾上腺素在飙升。他用双手反抗，想把它们扯开，但突然一张脸出现在他面前，把他吓了一跳。那东西眼睛通红，脾气暴躁，疯狂地咆哮着，正用它黄色的尖牙撕咬他的面罩。

不知何故，灵长类动物觉得穿着太空服的人比普通人更加恐怖，更具有挑衅性。在法尔肯哈根的情况介绍会上，耶格曾被人提醒，灵长类动物——即使是这么小的一只——也可以成为可怕的对手。

而当它的大脑被一种能改变思维的病毒感染时，它可以变得加倍可怕。

耶格摸索着动物的眼睛，这是它身体最脆弱的一个部位。他戴着手套的手指摸到了眼睛处，大拇指猛地向里一按——一个经典的马伽术动作，该动作不要求人特别敏捷或迅速。

即使隔着手套，他的手指也能感觉到有什么滑溜溜、黏糊糊的东西划过。这只动物的眼窝在流血。

耶格的大拇指往里按得更深了些，抠出了一颗活生生的眼球。最后猴子的力气减弱了下来，在痛苦与愤怒的尖叫中扔下他，松开勒紧耶格脖子的尾巴和肢体。

尽管那只猴子受了伤，病得厉害，它还是拼命地跳跃寻找掩护。耶格举起他的 MP7 开了枪，一枪把它打死了。

猴子倒在地上，死了。

他弯腰检查，用手电筒照了照它一动不动的尸体。在稀疏的毛发下，这只灵长类动物的皮肤上满是肿胀的红色斑点。从子弹击穿的部位，耶格可以看到正流淌出来的血。

但是那血和正常的血完全不同。

那血是黑色的、黏稠的，有股腐臭味。

简直就是致命的"病毒汤"。

空气在耶格耳边呼啸，像一列冒着蒸汽的特快列车，行驶在一条漫长而黑暗的隧道里。他心想，感染了这种病毒会怎么样呢？

肯定会死，但又不知道折磨你的是什么。

大脑因为狂热和愤怒变成一团糨糊。

器官会在身体内溶解。

耶格不寒而栗，这个地方太邪恶了。

"你没事吧，伙计？"拉夫在对讲机中问道。

耶格默默点了点头，然后指了一下前面，他们继续往前走。

这座岛上被下了诅咒的猴子和人类是近亲，他们共同的血统可以追溯到数千万年前，现在他们不得不进行生死搏斗。然而，一种更古老的生命力——一种原始的力量——正悄悄逼近他们。

这股力量很小，肉眼看不见，但比他们都强大得多。

第十六章

西蒙的邮件

多纳尔·布赖斯透过栅栏向最近的笼子里窥视，他紧张地挠了挠胡须。这个笨手笨脚的傻大个最近才得到华盛顿杜勒斯机场检疫所的工作，但他还没有搞清楚整个系统是如何运转的。

作为新人，他上的夜班比他该上的多。不过，他认为这很公平，事实上他很高兴得到了这份工作，因为找到这样的工作并不容易。他很不自信，常常用爽朗、震耳欲聋的大笑声来掩饰心中的不安。

他求职面试的情况一直不太理想，尤其是因为他一犯错，就想要发笑。简而言之，他很高兴能在这个猴舍找到一份工作，他下决心要好好干。

布赖斯认为，他面前的情况并不好。其中一只猴子看起来病得很重。

快到交接班时间了，他走进猴舍喂早食，这是他下班回家前要完成的最后的工作。

最近到达的这批动物吵闹不休，敲打着铁丝网，在笼子里尖叫着跳来跳去，仿佛在说："我们饿了。"

但这只小家伙除外。

布赖斯蹲了下来，仔细观察这只黑色长尾猴。只见它蜷缩在笼子里面，双臂抱在胸前，原本可爱的脸上是一副奇怪而呆滞的表情。这只可怜的小动物在流鼻涕。毫无疑问，它身体不舒服。

布赖斯绞尽脑汁地回忆之前碰上动物生病时的处理措施。生病的动物要被移出总部，进行隔离，以预防疾病传播。

布赖斯是一个彻头彻尾的动物爱好者。他仍然和父母住在一起，家里养了各种各样的宠物。对于这份工作的工作性质，他感到特别矛盾。没错，他喜欢接近猴子，但事实上，有一点他不太喜欢，因为它们被运到这里来，是为了进行医学实验。

他溜到储藏室，迅速拿起转移生病动物时用的工具，包括一根末端带有注射器的长杆。他给注射器装上药水，然后回到笼子边把长杆伸进去，尽可能轻柔地给猴子打针。

这只猴子病得太厉害了，它没有什么反应。布赖斯把长杆上的针筒推到底，把药水注射进了猴子的体内。大约一分钟之后，布赖斯打开了笼子，笼子上印有出口商的名称，卡塔维保护区灵长类动物有限公司，他把手伸进笼子拖出这只失去知觉的动物。

布赖斯把猴子带到了隔离室，然后，他戴上一双搬运灵长类动物专用的手术手套，不过他没有采取任何额外的保护措施，甚至没有使用堆在储藏室角落的防护服和口罩。之前猴舍里没有出现过动物生病的情况，所以他没有理由需要那样做。

布赖斯把这只昏迷的动物放在隔离笼子里，正要关上门时，突然想起了一个友善的同事对他说过的话：如果一只动物生病了，你通常可以从它的气息中闻出来。

布赖斯不知道是否应该试一试，也许他可以用这种方式赢得老板的加分。他想起同事说过的方法，倾斜身体靠近笼子，用手扇风让猴子的气息在自己的鼻孔前飘过。他深深地吸了好几次气，但除了笼子里淡淡的尿液味和食物的陈腐味之外，他没有闻到什么特别的气味。

布赖斯耸耸肩，关上了笼子门，插好插销。然后，他看了一眼手表，换班时间已经超过几分钟了。事实上，布赖斯很着急下班。因为今天是星期六——市中心举行"超级控"漫画展的重大日子。他花了一大笔钱买了"极客"的票，获得了参见超凡战队四合一 VIP 活动的机会。

布赖斯必须快点下班。

一个小时后，布赖斯刚好准时赶到了华盛顿会议中心，途中他回了一趟家，脱下工作服，拿上了自己要穿的衣服。他的父母反对他这样做，说他上完夜班后一定很累，需要休息，但他向父母承诺，晚上他会好好休息的。

他停好车，向会议中心里面走去。空旷的会议中心里，到处是聊天声和笑声。多个大型空调机发出巨大的轰鸣声，为以上声音增添了一种令人心安的嗡嗡的声音。此刻里面已经是人声鼎沸了。

布赖斯饿坏了，他直奔早餐大厅。吃饱喝足后，他便走进一个更衣室，几分钟后，他再次出现，打扮成了一个……超级英雄。

孩子们拥向这个绿巨人。他们围着他，想要与他们心目中的全能漫画偶像合影——尤其是现在这个绿巨人似乎比电影里的角色笑得更加灿烂，人也更加有趣。

多纳尔·布赖斯——又名绿巨人——利用周末时间做他最喜欢的事情：在这个地方发出似乎每个人都喜欢的豪迈笑声。他一整天都在大笑着，呼吸着，呼吸着，同时那巨大的空调系统循环着他呼出的气体……

将它们与其他成千上万毫无戒心的人呼出的气体混合在一起。

"好像有情况。"中央情报局非对称威胁分析部的主任哈利·彼得森在加密网络电话中说。

"那就快说。"卡姆勒命令道。

卡姆勒的声音听起来很奇怪，有回声。原来他坐在一个从众多洞穴中开辟出的一个房间里，房间在BV222附近，那是他心爱的战机。这个房间周围的环境很简朴，但设施非常齐全，位于烈焰天使峰深处的巨大岩壁间的某个地方。

这既是一座坚不可摧的堡垒，也是一个技术精良的神经中枢，是坐视即将发生的事情的完美之地。

"好的。我们查到一个叫查克斯·贝洛的人发了一封电子邮件，"彼得森说道，"我们根据基于这个姓名组合的关键词查到了这封邮件，互联网上不止有一个叫查克斯·贝洛的人非常活跃，但只有这个人引起了我们的注意。内罗毕贫民窟分为好几个地区，其中一个——马萨雷地区——是这个查克斯·贝洛联系的地方。"

"这是什么意思？"卡姆勒迫不及待地问道。

"我们可以百分之九十九地确定这就是你要找的人。查克斯·贝洛给一个名叫朱利叶斯·姆布鲁的人发了一封电子邮件，此人经营着姆布鲁基金会，是马萨雷贫民窟一家社会公益性质的慈善机构。那家机构帮助的是孩子们，很多孩子是孤儿。我会给您转发那封电子邮件，我肯定他就是您要找的人。"

"好的。你那儿有定位吗？有位置吗？"

"有。那封电子邮件来自一个商业邮箱地址：guest@amanibeachretreat.com。内罗毕以南约四百英里处有一个阿曼尼海滩，这是一个位于印度洋的高端、豪华度假胜地。"

"很好！把链接转发给我并继续调查。我要百分之百确定那就是我们要找的人。"

"是的，长官。"

卡姆勒挂断了加密电话。他在谷歌搜索引擎输入了"阿曼尼海滩度假村"进行搜索，然后点开了网站。网页上显示了一张张图片，上面是一片洁白的新月形沙滩，海水呈令人惊叹的碧绿色，不断冲刷着沙滩。海滩边有一个波光粼粼、水晶般清澈的游泳池，配有周到的酒吧服务和遮阳躺椅。当地人穿着传统的服饰，为优雅的外国客人提供精美的食物。

贫民窟的孩子不会去这样的地方。

如果那个孩子在阿曼尼海滩，一定是有人把他送到了那里。只有可能是耶格他们那群人做的，而他们这样做只有一个理由：把他藏起来。如果他们在保护他，可能他们已经意识到了，或许这个来自非洲贫民窟的、身无分文的孩子能给人类带去一丝渺茫的希望。

卡姆勒查收了电子邮件。他点击了来自彼得森的消息，眼睛盯着西蒙·查克斯·贝洛的电子邮件看。

这个叫戴尔的家伙给了我一些马甘吉，让我当作零用钱，就像真正的马甘吉。朱利叶斯哥们儿，我会还你钱的，会还我欠的所有钱。你知道我接下来要做什么吗，哥们儿？我要去租一架巨型喷气式飞机，飞机上要配有赌场、游泳池和来自英国、法国、巴西、俄罗斯、中国，甚至美国各地的舞女。是的，一车车的美国小姐——你们都会收到邀请，因为你们是我的兄弟。我们将在城市上空扔空啤酒瓶之类的东西，让每个人都知道我们正在举行多么酷的派对。在飞机尾部，我们还将拉一条横幅，上面写着：莫托的巨型生日派对——仅限凭请柬入场参加!

姆布鲁的回信内容如下:

　　呃,莫托,你都不知道自己的年龄,怎
么会知道什么时候是你的生日呢?再说,所
有要花的钱从哪里来呢?租用一架飞机需要
花费很多马甘吉。所以,放轻松,好好低调
地待着,按照 mzungu(白人)说的做。等这
一切结束,你会有足够的时间办生日派对的。

　　显然,"莫托"是这个孩子的昵称。很明显,白人
恩主待他很好,卡姆勒很熟悉"mzungu"这个词,知
道是指白人。事实上,这个孩子,他甚至在计划为自己
举办生日派对。

　　哦,不,莫托,我可不这么想,今天是我举办派
对的日子。

　　卡姆勒兴奋地在加密网络电话上拨了史蒂夫·琼
斯的电话,响了几声后,琼斯接听了电话。

"听着，我有地址了，"卡姆勒轻声说，"我要你和你的人一起去那里去消除隐患，如果需要支援，你将获得'死神'无人机的帮助。不过，这就是一个贫民窟小孩子，虽然有人在保护他，这事应该也只是小孩子的游戏——我的意思是——轻而易举。"

"收到。把详细信息发给我，我们现在就出发。"

卡姆勒输入了一封简短的电子邮件，附上了度假村的链接，然后发给了琼斯。接着，他在网页上搜索了"阿曼尼"这个词，原来它是斯瓦希里语"和平"的意思。他淡淡地笑了笑。

和平不了多久了。

那份和平，即将被撕裂成碎片。

第十七章

悲伤的团聚

耶格积聚起自己全部的怒气，用肩撞开了最后一扇门，愤怒犹如燃烧的硫酸漫遍他的全身。

他停顿了片刻，因为笨重的太空服被门框卡了一下，然后他用力穿了过去，用手电筒的光束扫了一遍昏暗的室内。光束从架子上摆放的闪闪发光的科学设备上反射回来，其中大部分设备耶格都不认识。

这是一间废弃的实验室。

里面空无一人。

就像他们在这栋建筑的其他地方发现的那样。

里面没有警卫，没有研究人员。他和他的队员只是用枪射击了饱受疾病摧残的猴子。

耶格发现这个地方如此荒凉，空无一人，令人毛骨悚然，他觉得自己被彻底欺骗了。他们克服了重重困难，终于找到了卡姆勒的老巢。但卡姆勒和他的人却在得到应有的惩罚和报应之前就已经飞离了这里。

但让耶格备受折磨的主要是一种空虚感——岛上空无一人——这对他个人来说打击最大：这里没有露丝和卢克的任何踪迹。

他走上前去，跟在后面最后一个进来的人关上了门。这是防止疾病从一个房间蔓延到另一个房间的预防措施。

当门咔嗒一声关上时，耶格听到了一声尖锐的、巨大的咝咝声。声音是从门框上方传来的，听起来像是一辆卡车松开了空气制动器，就像压缩空气爆炸一样。

就在这一瞬间，他感觉到皮肤上传来了一阵针刺般的轻微刺痛。他的头部和颈部好像还好，因为有FM54面罩的厚橡胶保护，他的后背似乎也被坚固的过滤装置护住了。

但是他的腿和胳膊都火辣辣的。

他低头看了一眼身上的防护服，一个个微小的穿刺孔清晰可见。他被某种陷阱装置击中了，陷阱装置刺穿了特瑞尔肯防护服。他想到队伍的其他成员也可能同样被击中了。

"用胶带封上！"他尖声叫道，"用胶带封住孔洞，大家互相帮忙。"

在近乎恐慌的忙乱中，耶格转向拉夫，开始撕扯胶带密封大个子毛利人防护服上的一个个小孔。他为拉夫的防护服密封好后，拉夫也用胶带将耶格防护服上的漏孔封住。

在此期间，耶格一直在留意着防护服的压力，防护服压力正常——过滤器装置自动吹入干净的空气，这些空气再通过织物上的缝隙流出，这样，防护服压力向外，可以杜绝吸入受了污染的空气。

"报告情况。"耶格命令道。

他的队员一个接一个地报告情况。所有人的防护服都被针刺穿了，但他们也都高效地重新密封了防护服。多亏了电动换气装置，所有人的防护服内似乎都恢复了正常压力。

但耶格仍然能感觉到一种刺痛，不知道什么东西进入了他的防护服，划破了他的皮肤。他知道是时候离开这个地方了。他们得回到海滩上的湿法净化线那儿，检查损伤情况。

他正要下达命令时，完全出乎预料的事情发生了。

微弱的嗡嗡声响起，接着，这栋建筑里的灯全都亮了，刺眼的灯光照亮了整间实验室。房间的一端，一个巨大的屏幕终端闪烁着，亮了起来，然后一个人出现在了某个直播链接的画面上。

毫无疑问。

正是汉克·卡姆勒。

"先生们，这么快就要走了吗？"他的声音回荡在实验室里，他狂妄地张开双臂，"欢迎……欢迎来到我的世界。在你们轻举妄动之前，听我解释一下。那是一枚压缩空气炸弹，它会发射出微型玻璃子弹，里面没有炸药，但你们的皮肤会感到轻微的刺痛，那是子弹颗粒刺入了皮肤。人类皮肤是预防感染最好的屏障之一。但是当皮肤被刺破了，你们就失去了这层屏障。"

"没有炸药的意思是，我用的是毒剂——干燥病毒，里面的病毒安然无恙，还是能活过来的。当玻璃子弹颗粒刺入皮肤——压强高达四百个巴①——它携带着暂无活性的毒剂。总之，你们都被感染了，我想，我不需要告诉你们感染的是什么病原体了吧。"

卡姆勒哈哈大笑。"祝贺你们！你们成了我的第一批感染者。现在，我希望你们充分享受这美妙的困境。你们最好继续待在这座岛上，你们明白，如果你们出去，你们将变成杀人犯。因为你们被感染了，你们已经变成了瘟疫炸弹。你们可能会说自己别无选择，只能留下来等死，可是那样的话，你们得有充足的食物储备。"

"当然，戈特病毒已经释放出去了，"卡姆勒继续说，"或者应该说已经传播开了。此刻，它正向世界的四面八方扩散。你们也可以选择到外面去，帮我的忙。感染的人越多我越开心，选择权在你们手上。不过，请稍等片刻，放轻松，我给你们讲个故事。"

不管卡姆勒从哪里讲起，都可以听出他似乎极其

---

① 巴：压强的非法定计量单位，1 巴 = 100 千帕。

开心。"从前，两个纳粹党卫军科学家发现了一具冰冻的尸体，她被完美地保存了下来，甚至包括她那头金色的长发。我的父亲，党卫队将军汉斯·卡姆勒，给她起了一个名字，一个古老的北欧女神的名字：瓦尔。意为心上人。瓦尔是五千年前雅利安人的祖先。可悲的是，她生前病死了，感染的是一种神秘的病原体。

"在柏林的德国祖先遗产研究学会，他们解冻了她，开始为她整理收拾，努力想把她弄得像样些，好呈现给元首。虽然尸体的外部还好，但是尸体开始从内向外坍塌，她的器官——肝脏、肾脏、肺——似乎都已经腐烂。她的大脑已经化为糨糊。简而言之，当她掉进冰缝死去时，已经俨然成了一具僵尸。

"那些负责让她变成一个完美的雅利安人先祖的人不知道该怎么办了。就在那时，一个名叫赫尔曼·沃思的考古学家和伪科学家在干活时被绊倒，他伸出手想要自救，一片玻璃却划伤了他自己和他的同事——一个名叫奥托·拉恩的神话搜集者。对于这个小插曲，一开始没有人在意，直到这两个人都生病并相继死亡，他们才又想起了这件事。"

卡姆勒抬眼看向远处的听众，黑暗的眼神让他们感到可怕。"他们死的时候七窍流血，流的是浓稠的、有腐臭味的黑色血液，脸上是僵尸般可怕的表情。人们不需要进行尸检就明白了怎么回事。那就是，一种五千年前的致命病毒幸存了下来，深深地冻结在北极冰层中，现在病毒复活了，瓦尔有了她的第一批感染牺牲者。

"元首将这种病原体命名为戈特病毒，德语的意思是上帝病毒，因为人们从未见过类似的病毒。很明显，它是病毒之母。这件事发生在 1943 年，接下来的两年里，元首的人一直在改进戈特病毒，做好了充分准备，打算用它击退盟军。遗憾的是，他们没有成功。那个时候，时机还不成熟……但是，现在情况不一样了，现在，也是我对你们讲话的当下，时机已经非常成熟了。"

卡姆勒露出了笑容。"所以，先生们，再加一位女士，我相信现在你们都清楚了自己将如何死去，而且你们也知道自己面临什么选择。要么待在岛上慢慢死去，要么帮我把我的礼物——我的病毒传播到世界上去。瞧，你们英国人从来都不明白：你们是无法击败帝国，无法战胜雅利安人的。七十年过去了，但我们又回来了。我们活了下来，就是要去征服你们。各得其所吧，我的朋友们，每个人都得到他们应得的。"

当他伸手要切断实时直播连接时，卡姆勒迟疑了一下。

"啊！我差点忘了……还有一件事。威尔·耶格，想必你想在我的岛上找到你的妻子和孩子，对吗？好吧，你可以放轻松，他们确实在岛上。他们享受我的盛情款待已经有一段时间了，现在到了你们团聚的时候了。

"当然，他们和你们一样，也感染了病毒。他们没有受伤，但是也感染了。几个星期前我们给他们进行了注射，这样，你就可以看着他们死去。我的意思是，我不想让你们一家幸福地死去。不，他们必须先死，这样你就可以亲眼看着他们死去。你会发现他们被关在一个竹笼里，拴在丛林中。我想，你现在已经感觉很不舒服了吧。"

卡姆勒耸了耸肩。"就说这些吧。再见，我的朋友们。让我最后再说一句，未来是属于我们的。"

他露出一个完美的笑容，一口白牙闪着阴森森的光。"我们——我的同类——我们是真正的未来。"

一个身影不停地攻击着耶格，挥舞着一根削尖的竹竿，直朝耶格的脸上招呼。这个人猛然转过身，像古代持矛的角斗士一样，挥舞着粗糙的武器。她大声咒骂着，是各种恶毒的辱骂，耶格做梦也想不到她骂得出那种话。

"滚开！滚开！我要把你碎尸万段，你……你这个恶毒的浑蛋！碰一下我儿子试试，我会把你的黑心掏出来！"

耶格不寒而栗。他几乎认不出这就是他心爱的那个女人了，在过去三年里他一直在寻找的女人。

她的头发很长，结成一绺一绺的。她怒目圆睁，形容枯槁，身上的衣服像一条条破布，挂在肩膀上。

天哪，他们把她这样关多久了？像关丛林动物一样关在笼子里。

他跪坐在粗糙的竹笼前，一遍又一遍地重复着说一句话，试图安抚她。

"是我呀，威尔，你的丈夫。我答应了要来救你们，我来了。"

但每说完一句，他饱受煎熬的面容对着的都是挥舞着的竹竿。

当露丝尽她所能地保护卢克免受她所认为的敌人的伤害时，耶格看见了消瘦的卢克平躺在笼子靠里面的地方，大概没有了知觉。

眼前的景象让耶格伤心欲绝。

尽管如此，他觉得他现在比以往任何时候都更爱这个女人，尤其看到她气势汹汹、不顾一切，疯狂地保护他们的儿子。但是，她真的疯了吗？是不是非人的监禁和可怕的病毒让她崩溃了？

耶格无法确定，他只想把她拥在怀中，让她知道他们现在安全了，或者至少在戈特病毒开始撕咬他们的肉体并摧毁他们的精神之前，他们是安全的。

"是我，露丝，我是威尔，"他一遍遍地说道，"我一直在找你，我终于找到你了。我是来救你和卢克的，现在我要带你们回家，你们现在安全了……"

"你这个浑蛋——你在撒谎！"露丝猛烈地摇着头，再次挥舞竹竿出击。"你就是那个残忍的浑蛋琼斯……

你来这里是要伤害我的孩子……"她再次挥舞竹竿，威胁意味十足，"要是你碰一下卢克，我就……"

耶格向她伸出手，但这样做时，他想到了自己还包裹在太空服里，戴着防毒面罩和厚厚的橡胶手套。

一定是因为这个，她才不知道他是谁。

也根本没办法认出他来。

穿成这样的人，可能是任何折磨过她的人。而透过面罩发出的声音听起来就像某种外星半机械人，所以她甚至听不出他的语调。

他抬手拉下兜帽，衣服里的空气喷涌而出，但耶格毫不在乎。他已经被感染了，没有什么可失去的了。他用发热的手指解开了呼吸器，把它往上推到头顶。

他凝视着她，目光恳切。"露丝，是我。真的是我。"

露丝盯着他，抓着竹竿的手似乎松了些。她不敢相信，不断摇着头，一丝熟识感从她的眼中一闪而过。接着，她似乎崩溃了，用尽最后一丝力气，扑到了笼子门上。她喉咙哽噎，发出了一声凄厉的叫喊，那声音让耶格无比心碎。

她拼命地伸手去抓他，不敢相信自己的眼睛。耶格的手触碰到了她的手，他们的手指穿过竹笼紧紧扣在一起；他们的头凑在一起，紧紧靠近对方；他们渴望着对方的触摸，想要亲近对方。

耶格旁边出现了一个身影，是拉夫。他尽可能小心谨慎，从外面解开了锁住笼子的门闩，然后往后退，给他们留下了私人空间。

耶格倾身到笼子里，把她拉出笼子，拉到自己身边，然后紧紧拥抱着她，同时也尽量不给她伤痕累累的身体带来更多的痛苦。抱着她时，耶格能感觉到她的身体发烫，感染引起的发热正在她的血管中奔窜。

耶格紧紧拥抱着她全身颤抖的身子，任她哭泣。她似乎抑制了太久，所以哭了很长时间。而耶格，也任由自己的眼泪簌簌地掉了下来。

拉夫尽可能轻柔地从笼子里面抱出了卢克。耶格一只手臂接过儿子瘦弱的身子，另一只手则搂着露丝，不让她瘫倒。他们三个人慢慢跪在地上，耶格紧紧地抱着他们俩。

卢克仍然没有反应，耶格将他放下，而拉夫则打开了他们的医药箱。当大个子毛利人弯腰看着昏迷不醒的男孩时，耶格看到他眼中噙着泪水。他们一起忙着救卢克，这时露丝抽泣着开口了。

"有个人，名字叫琼斯，他……很恶毒，是个浑蛋。他说他要对我们做什么……他对我们做了什么……我还以为你是他呢。"她恐惧地看了一下四周，"他不会还在这里吧？告诉我他不在这里。"

"这里只有我们，没有其他人。"耶格用力把她抱得更紧了，"没有人会伤害你们了，相信我，再也没有人能伤害你们了。"

第 十 八 章

永不言败

黎明，"野猫"直升机飞过天空，快速爬升。

耶格紧紧抓着妻子和儿子的手，蹲在冰冷而又坚硬的钢制地板上一副担架的前面。他们都病得十分严重，他甚至不确定露丝是否还能认出他来。

现在，耶格从她的眼睛里看到了一种朦胧而又疏离的感觉——那正是目光变得呆滞，整个人变成行尸走肉的前奏。他曾在猴子的眼中看到过这种眼神，就在他帮猴子们摆脱痛苦之前。

他感到一种可怕的无力感和深深的绝望感攫住了

他。一阵又一阵的疲倦向他袭来，夹杂着一种被彻底打败的沮丧感。

一路走来，卡姆勒每一步都领先他们。他把他们吸进陷阱里，然后又吐出来，就像吐出死了的、干枯的外壳。他已经对耶格进行了终极报复，耶格最后的日子定会可怕得超乎想象。

耶格感到悲痛欲绝，难以自抑。他花了三年时间寻找露丝和卢克，最后终于找到了他们——但他们却是这个样子。

耶格平生第一次头脑里掠过一个可怕的想法：自杀。如果他被迫亲眼看着露丝和卢克以这种难以形容的噩梦般的方式死去，他倒不如和他们一起死，死在自己手里。

耶格下定决心就这么做。如果他的妻子和儿子再次离开他——这次是永远离开——他将选择用子弹射穿大脑，提前结束自己的生命。

这样做，至少会让卡姆勒无法获得终极胜利。

他和他的队员没花多长时间就做出了离开瘟疫岛的决定。他们在岛上什么也做不了，救不了露丝和卢克，队员也做不了什么，更不用说为普通大众做点什么了。

他们并非在自欺欺人，而是因为在岛上无济于事。实际情况是：这种病毒没有办法治，那具尸体身上携带的五千年前的病毒没有解药。这架飞机上的所有人，连同地球上的绝大多数人都将死去。

大约四十五分钟前，"野猫"直升机降落在了海滩上。登机前，每个队员都穿过了湿法净化帐篷，在除污并丢弃防护服之后，朝自己身上喷了化学消毒剂，并清理了玻璃碎片。

但上述任何一种做法都无法改变他们已经被感染的事实。

正如卡姆勒和他们讲的一样，他们现在都成了病毒炸弹。对未感染者来说，他们的每一次呼吸都意味着即将给人带去死亡。

这就是他们选择一直戴着 FM54 面罩的原因，面罩配备的呼吸机不仅过滤了他们吸入的空气，经过神岛广亲手改良后，呼吸机也可以过滤呼出的空气，防止传播病毒。

神岛广的改装很粗糙，但勉强能用，而且设备本身存在风险，但那是他们能用的最佳设备了。他们每个人都用胶带将一个微粒过滤器——类似于基本的外科口罩——粘在呼吸机的排气口上。这样会造成更大的阻力，导致肺部呼气和排出病毒的能力变差。

相反，戈特病毒会聚集在面罩中，也就是眼睛、嘴巴和鼻子周围。随之而来的是病毒载量增加的风险——换句话说，就是加速感染——这可能导致各种症状快速袭来。简而言之，在努力不传染其他人的过程中，他们要冒着双倍伤害自己的风险。

但是这一点似乎并不是特别重要，因为所有人类似乎都在劫难逃。

耶格感觉到有一只手搭在他的肩膀上，想要安慰他，那是纳洛芙。耶格抬头看了她一眼，眼神中流露出迷茫和痛苦，然后把目光重新转回到露丝和卢克身上。

"我们找到他们了……但努力都白费了，一切都毫无希望。"

纳洛芙蹲在他身边，用她那双明亮清澈的冰蓝色眼睛，凝视着他的双眼。

"也许情况没有那么糟,"她说话时语气强烈,声音中带着一丝紧张,"卡姆勒是怎么把病毒传播到全世界的?他说病毒已经'释放'。'此刻,它正向世界的四面八方扩散。'这意味着病毒已经变成了武器,他是怎么得逞的呢?"

"这重要吗?病毒就在那儿,在人们的血液里。"耶格的目光扫过妻子和孩子,"病毒就在他们的血液里复制,正在吞噬他们,至于病毒是怎么传播的,那又有什么重要的呢?"

纳洛芙摇了摇头,抓紧了他的肩膀。"你想一想,瘟疫岛一片荒芜,而离开这里的不仅是人,每个装猴子的笼子都是空的。他已经运走了这里的灵长类动物,这就是他将病毒传播到全球的方式——他通过 KRP 公司把动物运送出去了。相信我,肯定是这样。至于那几只已经发了病的猴子——他则让他们在丛林中自生自灭。"

"'耗子捕手'会追踪到那些运送猴子的班机的,"纳洛芙接着说,"猴子可能仍在隔离中,那样并不能完全阻止病毒传播,但如果我们能摧毁那些猴舍,至少可以减缓病毒传播的速度。"

"可是这重要吗?"耶格重复道,"除非那些运送的飞机还在飞行途中,并且我们也能想到办法阻止它们,否则,病毒已经传播开了。当然,那样做可能会为我们争取一点时间,比如几天,但是如果没有解药的话,结局还是一样的。"

纳洛芙的神色黯淡了下来,整个面部表情都耷拉了下来。她一直抱着这个希望,然而事实上,这不过是个幻想。

"我不想输。"她喃喃道。接着她好像要把头发扎成一个马尾辫——仿佛要聚集所有能量去战斗,却忘记了自己还戴着面罩。"我们必须试试,一定要试试。关键是我们要想办法,耶格。"

他们确实应该试试,但问题是怎么做呢?耶格对此感到绝望。看着露丝和卢克躺在他身边,正慢慢地被病毒吞噬,他觉得好像没有什么值得自己为之战斗的了。

当初绑匪把他们从他身边夺走时,耶格没能保护好他们。他一直抱着自己能找到并拯救他们的希望。现在他找到了他们,却倍感无能为力,什么都做不了。

"卡姆勒——我们绝不能让他得逞。"纳洛芙的手仍然紧紧抓着耶格的肩膀，手指几乎掐进了耶格的肉里，"只要活着，就有希望。即使只能争取到几天时间，结果可能也会不同。"

耶格茫然地看了纳洛芙一眼。

她指着躺在担架上的露丝和卢克。"只要活着，就有希望。你一定要带领我们行动起来。你，耶格，就是你，为了露丝，为了卢克，为了我，为了每一个心中有爱、正欢笑着的活生生的人，行动起来吧，带领我们战斗到底。"

耶格一言不发。整个世界似乎停止了转动，时间似乎凝固了。然后，耶格紧紧地握着纳洛芙的手，缓缓地站了起来。他迈着两条像踩在果冻上的软绵绵的腿，跌跌撞撞地走向驾驶舱，对着飞机驾驶员说了句话。通过 FM54 的发声装置，他的声音听起来冰冷又陌生。

"帮我联系'天空登陆者 50'上的迈尔斯。"

飞行员照做了，并把无线电话筒递给了他。

"我是耶格，我们已经返回。"他的声音很坚定，"我们带着两个躺在担架上的病人，都感染了病毒。卡姆勒已经把灵长类动物运离了该岛，他是利用猴子传播病毒的，让霍兰追踪那些飞机，找到并销毁所有的猴舍。"

"明白了，"迈尔斯回答，"我现在就去办，这件事交给我了。"

然后，耶格转身面向"野猫"的飞行员。"我们有重伤员要送到'天空登陆者50'，何不露一手，试试这直升机能飞多快。"

飞行员把油门猛地向前一推。"野猫"迅速升空，耶格觉得自己的精神又振作了起来。继续战斗。

他们将继续战斗，也许他们会输，但是正如小时候，他的童子军团长对他说过的那样："生命不息，永不言败。"团长引用的是童子军创始人巴登－鲍威尔的话。

他们还有几个星期的时间来拯救他的家人和全人类。

泛光灯照明下的"天空登陆者50"机舱内，人们忙忙碌碌。这里回荡着各种声音，有人对着"雷神"无人机大声命令，命令声又从流线型的机身上反射回来。最重要的是，"野猫"直升机刺耳的嘎吱声正在逐渐平息下来，飞行员正准备关闭涡轮机。

一个医疗队已经过来接应。现在他们要把露丝搬到一个可移动病患隔离舱进行治疗。隔离舱是一个透明的塑料圆柱体，里面插着五个箍肋，底部是一个轮式担架。

隔离舱的作用是把四级病原体感染者隔离开来，同时他们也可以得到照料。此刻，露丝和卢克要接受紧急治疗。

隔离舱侧面装配了耐磨的橡胶手术手套，这样，医务人员可以戴上手套进行抢救操作，没有被感染的风险。舱上还配备了一个气闸室，方便给药。另外，还有一处"管线连接"，可以给患者进行静脉输液和输氧。

卢克已经被送进了隔离舱，并连上了管线。露丝正被人从"野猫"机舱里抬出来，送进另一个隔离舱。

对耶格来说，这是迄今为止最糟糕的时刻，最黑暗的一天。他才刚刚找到妻子和孩子，却感觉好像又要失去他们了。

他无法摆脱头脑中这种可怕的联想。在他看来，那两个隔离舱就像露丝和卢克的尸体袋，仿佛他们已经被宣布死亡了，至少可以说，他们很难被救过来。

当他跟着医疗队把半昏迷的妻子抬出直升机时，他觉得自己好像被吸进了一个黑暗的旋涡中。

他眼睁睁地看着露丝被推进隔离舱，就像一颗子弹被推入了猎枪的后膛。他迟早得放开她的手，那只没有任何反应的手。

直到最后一刻，耶格还一直抓着妻子的手，他们的手指紧扣在一起。就在他准备松开时，他感觉到了什么。只是他的想象，还是妻子的手指真的动了一下？这难道是生命的迹象——难道她恢复意识了？

突然，她的眼睛猛地睁开了。耶格凝视着她的双眼，心中燃起了似乎不可能的希望。她那僵尸般的眼神不见了，那一瞬间，他的妻子又回来了。这一点可以从她野性十足的海绿色眼睛里看得出来，这双眼睛又一次闪烁着特有的金色光芒。

耶格看到她的目光转向四周，看清楚后明白了一切。她的嘴唇动了动，耶格朝她靠得更近了些，以便能听清她说什么。

"靠近一点，亲爱的。"她低声说。

于是，他将腰弯得更低了些，直到他们的头快要碰到了一起。

"找到卡姆勒和那些被他选中的人，"她喃喃道，眼中燃起一片熊熊怒火，"找到那些和他一样接种过疫苗的人……"

之后，她短暂的清醒意识似乎又瞬间消失了。耶格感觉到她的手松开了，眼睛眨了几下，又再次合上。他看了一眼医务人员，点了点头，让他们把她推进了隔离舱。

医务人员关上像棺材一样的隔离舱时，他往后退了几步。至少有那么一刻——美妙而珍贵的一刻——她认出了他。

耶格心跳加速。找到和卡姆勒一样接种过疫苗的人。露丝真是天才。他感觉自己的心脏狂跳起来。也许——只是也许——这就是那难以捉摸的希望火花。

耶格最后看了一眼他的两个亲人，同意医务人员把他们推进"天空登陆者50"的医务室。然后，他召集队伍人员一起急匆匆地朝飞艇的前端走去。

他们聚集在飞艇甲板上。耶格省去了一些细节，现在不是注意细节的时候。"听着，听好了。就在刚才，我妻子清醒了几秒钟。要知道，她在卡姆勒的魔窟里待了很长时间，她看到了所有一切。"

耶格看着队伍里的每一个人，他的目光最后落在年长的迈尔斯身上。"她是这么说的，'找到卡姆勒，找到那些和他一样接种过疫苗的人'。她的意思一定是我们可以从这些人那里分离出解药。但是，这可能吗？从科学的角度讲，这方法可行吗？"

"我们能不能提取并合成解药？从理论上讲，是可以的。"迈尔斯回答，"无论卡姆勒往他自己身体里注射了什么，我们都能够复制出来，然后注射到我们自己体内。我们面临的困难就是及时制造出足够数量的解药，不过我们还有好几个星期的时间，这是可行的，或许可以做到。最难的就是找到卡姆勒，或者他的同伙，我们必须马上去找——"

"好，我们行动吧，"纳洛芙打断了他的话，"卡姆勒也会想到这一点，他会做好防备。要找到他，我们需要找遍世界每个角落。"

"我会让丹尼尔·布鲁克斯马上行动起来，"迈尔斯说，"我们有美国中央情报局和其他所有情报机构帮忙寻找。我们会——"

"停，停，停。"耶格举起双手示意大家安静，"稍等！"他摇了摇头，想让头脑清醒一点。就在刚才，他突然有了个想法，他要抓住它，把它凝练出来。

他环视了一下自己的队伍成员，目光灼灼，眼神里全部是兴奋。"事实上，我们已经有这样的人了，有了解药，或者说有了解药的来源。"

大家听了都皱起了眉头，心里想，耶格到底在说什么？

"孩子，那个贫民窟的孩子，西蒙·查克斯·贝洛，他活了下来。因为卡姆勒的人给他接种了疫苗，他活了下来。他有免疫力，他的血液有免疫力。我们找到了这个孩子，他正和戴尔在一起。通过他，我们可以分离出免疫体，然后进行培养，大量生产。那个孩子就是解药。"

耶格从队伍成员的目光中，看出他们已经领悟了自己的意思，因为每个人眼里都亮晶晶的，一副恍然大悟的神色。这时，他感觉到一股新的能量燃遍了全身。

耶格注视着迈尔斯。"我们还需要那架'野猫'直升机。联系戴尔，让他把孩子带到一个我们能去接他们的地方。不要让他们靠近人多的海滩，让他们去一片方便进出的沙滩。"

"明白。我想，你是要直接把他们带回这里，对吗？"

"是的。要他们掩护好自己，以防卡姆勒在监视他们。他一直领先我们一步，这次我们不能让他再领先了。"

"我会派出两架'雷神'，让它们在戴尔所在位置的上空盘旋。这样，它们也能掩护你们。"

"就这么办。一旦联系上了，请用无线电把他们的位置坐标告诉我们。只要给我们一个从阿曼尼海滩出发，沿正北或正南方向航行的距离信息即可，这样我们就知道到哪儿降落。告诉戴尔，在我们见面之前，不要露面。"

"明白，交给我吧。"

耶格带领他的队伍匆忙进入"天空登陆者50"的

机舱。他一把抓住"野猫"的飞行员，说道："我们需要你掉转方向，去一个叫拉斯库塔尼的地方，应该是这里的正西方向，我们要去阿曼尼海滩度假村接人。"

"没问题！"飞行员说，"我们这就出发。"

第十九章

阿曼尼海滩

三辆尼桑途乐四驱越野车向南快速行驶。车子行驶在凹凸不平、无人修缮的土路上，巨大的轮胎像机关枪一样剧烈跳动着。车后面尘土飞扬，周围几英里外都能看见——如果有人在看的话。

大块头史蒂夫·琼斯坐在最前面那辆车的客座上，他的光头在晨光中闪闪发亮。他觉察到手机在振动，他们开出机场不到三十千米，幸亏他们的手机信号仍然良好。

"我是琼斯。"

"你还要多久到阿曼尼？"一个声音问道，是卡姆勒。

"最多还要二十分钟。"

"太久了，"他厉声说，"来不及了。"

"什么来不及了？"

"我的上空有一架'死神'无人机，它侦察到有一架'野猫'直升机入境了。飞得很快，大概五分钟就到了，或许这没什么要紧的，但我不能冒这个险。"

"那您有什么建议？"

"我准备袭击阿曼尼海滩，我要用一颗'地狱火'导弹来对付'野猫'。"

史蒂夫·琼斯愣了一下，连他都对刚刚听到的话感到震惊。"但我们快到了，如果我们全力加速行驶，只需要十五分钟，正好可以打下那架直升机。"

"我不能冒这个险。"

"但您也不能就这么夷平一个海滩度假村啊，那里到处都是游客。"

"我不是在征求你的意见，"卡姆勒咆哮道，"我是在提醒你将要发生的事情。"

“那样的话，那该死的七吨重的东西也会落在我们头上。”

“所以，你们要速战速决，干掉那个孩子和所有阻碍我们的人。记住，这是非洲。在非洲，警察要花很长时间才能到达事发地。这件事干得好的话，你会得到这么久以来最多的报酬。干得不好，我只能用‘死神’来处理。”

说完，电话就被挂断了。琼斯看了看四周，心里有些忐忑不安。他开始意识到自己的这个老板是个迷恋权力的疯子。无论他是否是美国中央情报局的副局长，卡姆勒都是个我行我素、一意孤行的人。

不过他给的报酬非常可观，可以说太丰厚了，令人无法抱怨。

他从来没有因为做这么一点事情而赚过这么多钱，再加上卡姆勒曾向他承诺，如果有死亡证明，也就是那个小孩死亡的证据，他将获得双倍奖金。

琼斯下定决心要把这些钱都挣到手。

无论如何，卡姆勒也许说得对。谁会到非洲丛林这么远的地方来调查啊？等到有人调查时，他和他的手下早就离开了。

他转头面向司机，说道："那是老板打来的电话，我们开快点，需要用最快的速度赶到那里。"

司机把油门踩到底，指针猛地转到了每小时六十英里处。这辆大尼桑途乐在凹凸不平的土路上飞驰，好像要散架了似的。

琼斯根本不在乎这些，因为这不是他要考虑的。

这些车都是租来的。

"野猫"掠过海面，降落在潮湿的沙滩上，海面被风掀起了一股海浪。潮水正在退去，刚被水浸过的海滩正是最坚固的时候。

飞行员让旋翼一直转动着，耶格、纳洛芙、拉夫、詹姆斯、神岛广和阿隆索下了直升机。他们降落在了景色最迷人的地方。戴尔一直领着那个孩子往南走，直到他们绕过一处石岬，远离了阿曼尼海滩度假村。在这里，低矮的悬崖直插入海，红色的岩石高低错落，宛如波浪起伏。

他们呈扇形散开，隐蔽在露出地面的石头后面，摆出防守姿势。耶格猛地向前冲了出去。一个身影朝他跑了过来——正是戴尔，在他旁边的显然是那个孩子。

他就是西蒙·查克斯·贝洛，现在成了世界上的"头号通缉犯"。

在阿曼尼待了几天，经过了盐、沙子和阳光的洗礼，这孩子的头发变得更硬了，看起来也更加凌乱。他穿着一条对他来说大了两个尺码的褪了色的短裤，还戴了一副墨镜，耶格猜测这应该是他从戴尔那里借来的。

西蒙·查克斯·贝洛是一个很酷的小伙子，他根本不知道自己现在对全人类有多重要。

耶格正要把那孩子抱起来跑到五十米开外的直升机上，就在这时，他从头到脚感到一股冰冷刺骨的寒意。有什么东西毫无征兆地冲破了"野猫"旋翼上方因海浪飞溅形成的那层海上雾气，降落过程中发出的尖锐声音撕扯着耶格的意识。

只见一颗导弹猛地砸在"野猫"直升机的顶部，像罐头开罐器一样撕裂了直升机薄薄的外壳，飞机瞬间被引爆，炽热的弹片如同一阵暴风雨划破直升机的机舱，刺穿了两个燃油箱，油箱被点燃，分崩瓦解的机身喷射出火焰。

耶格目瞪口呆地看着这一切，看着飞机由下往上、由里往外地炸开，毁灭性爆炸发出的声音冲击着他的耳膜，震耳欲聋，在海滨上空回荡。

这一切发生在一瞬间。

耶格在战斗中召唤过许多次"地狱火"，所以认出了这种导弹特有的尖锐、刺耳的啸叫声。他和他的队员们，还有西蒙·查克斯·贝洛，就是被攻击的目标，这说明上空一定有一架"死神"无人机。

"地狱火！"耶格尖叫道，"快隐蔽！躲到树下去！"

他搂着孩子和戴尔，猛地跳进了一片茂密的植被中。不出所料，西蒙·查克斯·贝洛吓呆了，他眼睛圆睁，瞳孔扩大。

"抓紧他！"耶格对戴尔吼道，"让他冷静下来，无论如何，不能丢下他。"

他翻身躺在地上，观察了一下战斗形势，拿出了他的便携式舒拉亚卫星电话，快速拨打"天空登陆者50"的号码。迈尔斯立刻接起了电话。

"直升机被击毁了！我们上空一定有一架'死神'。"

"我们发现它了，现在我们有一架'雷神'正顽强地和它交战。"

"一定要赢，不然我们就完蛋了。"

"明白！另外，还有个消息，我们侦查到有三辆越野车朝度假村开过来。他们开得很快，也许五分钟后就能到，我认为他们不怀好意。"

见鬼！除了无人机，卡姆勒肯定还安排了一支地面武装部队，他这样做是有道理的。他很小心谨慎，不会光靠万尺高空的"死神"来解决这个孩子，因为无法证实孩子是否已经死亡。

"一旦我们击毁他的无人机，我们就可以让'雷神'去对付路上的车队，"迈尔斯继续说，"不过，那个时候他们很可能已经到了你们那里。"

"知道了，码头停满了船，"耶格说，"我去抢一艘过来，把孩子带走。你能让'天空登陆者50'降落在海上接应吗？"

"稍等，我把电话转给飞行员。"

耶格对"天空登陆者50"上的飞行员说了几句话。商量好了接人行动方案后，他准备行动。

"跟着我！"他冲着对讲机喊道，"所有人，都跟着我！"

他的队伍成员全部聚集在一起，他们都隐蔽得很好，躲过了"地狱火"的袭击。

"好了，我们走，动作要快！"

就这样，耶格开始冲下海滩，他的队员紧跟在他后面。他们明白，这样的行动无须询问原因。

耶格扭头朝身后喊道："把孩子护在中间！保护好他，别让他被炮火伤到，孩子最重要！"

度假村外，海滩那边几百米远的地方响起了一阵短促的机枪射击声。阿曼尼有警卫，也许他们会试图进行某种形式的抵抗，但不知何故，耶格对此总觉得不放心。

枪声很可能是卡姆勒的人在用枪开路。

耶格把戴尔和那个孩子推上了一艘充气艇，这是一艘造型优美的远洋船，他祈祷艇上加满了油，可以顺利出发。

"发动引擎。"他对戴尔喊道。

他的目光扫过那看上去很漂亮的木质码头，估计能追上他们的船大概有十几艘，太多了，恐怕不能尽数破坏，尤其是现在卡姆勒的地面部队正在逐渐逼近。

他准备在第一批人冲到开阔的沙滩上时，再下命令让他的队员从防御位置撤离。耶格数了数，有六个人，下一秒，还会有更多的人到来。

他们用武器扫射了海滩，但拉夫、阿隆索、詹姆斯和神岛广动作更快。他们的 MP7 冲锋枪响了，远处的两个身影倒了下去。紧接着，是第一波猛烈的火力反击。海滩上掀起了一阵阵扬沙，沙子落在了耶格脚边的海水中。

纳洛芙躲过子弹，冲向他，边走边躲闪。

"走啊！"她喊道，"快，快，快！我们来拖住他们。快走！"

那一瞬间，耶格犹豫了，这违背了他所有的本能和接受过的教导。他从来没抛下过战友。这些都是他的队员，和他一起出生入死的战友。他不能扔下他们不管。

"快走啊！"纳洛芙大声叫道，"救那个孩子！"

耶格没有回答，强迫自己转身离开队伍。看到他发出的信号，戴尔迅速开船，充气艇离开码头，后面如暴风雨般的子弹紧咬着它不放。

耶格寻找着纳洛芙的身影，只见她飞快地冲下码头，端起 MP7 冲锋枪朝拴在码头的那些船的引擎一阵扫射。这是为了不让卡姆勒的枪手们登船追击，不过，这样做的同时，她也暴露在了危险的枪火中。

当那艘充气艇绕过码头时，她最后冲刺，纵身一跃。在空中飞跃的那一刹那，她的手臂伸向飞驰的充气艇，但是，她还是落在了水中。

耶格伸出手去，一把抓住她衬衫的领子，强壮有力的手臂一拉，将她湿透的身体拖到了艇上。她躺在充气艇的底部，急促大口地喘着粗气，同时把海水咳了出来。

充气艇靠近了第一块珊瑚礁。此时，它已经远远驶出了枪支的精准射程。耶格帮戴尔把沉重的舷外引擎抬了起来，将其向前倾斜，让它离开水面。船身在浅水区颠簸，那里的珊瑚礁中有一条狭窄的缝隙，他们冲出这条狭窄的航道，进入了远处的公海中。

戴尔踩下油门全速前进，充气艇驶离了昏暗的、烟雾笼罩的海滩，留下燃烧着的"野猫"残骸和牺牲的机组人员。然而，耶格仍然深感痛苦，因为他想到大多数队员都被困在了海滩上，卷入了那场生死之战。

纳洛芙看了他一眼。"我一直讨厌去海滩度假，"她在引擎的噪声中大声喊道，"这孩子还活着，你只要关注这一点就够了，不要管队伍成员。"

耶格点了点头。纳洛芙似乎总是能读懂他的心思，他不确定自己是否喜欢她这一点。

他在艇上搜寻着西蒙·查克斯·贝洛的身影，这个男孩蜷缩在充气艇的底部，惊恐地睁大双眼。他现在似乎没那么酷了，看起来更像他原本孤儿的样子。事实上，他的脸色极其苍白。耶格毫不怀疑这是这个来自贫民窟的孩子第一次坐船，更不用说经历激烈交火的场面了。

总的来说，他表现得非常好。耶格想起了法尔克·柯尼希说过的一句话，贫民窟的孩子被训练得皮糙肉厚。

他们确实很皮实。

耶格很想知道柯尼希现在在哪里，他最终会站在哪一边。虽然人们说血浓于水，但他仍然相信法尔克会站在正义的一边。尽管如此，他也不能将人类的未来完全寄托在这种想法上。

他转头面向纳洛芙，伸出手指指向孩子的方向。"去陪陪他，让他冷静下来。我去联系会合点。"

耶格掏出卫星电话，按下了快速拨号键。当他听到彼得·迈尔斯那从容不迫的声音时，全身立刻感觉到如释重负。

"我和那个孩子在一艘充气艇上，"耶格喊道，"我们正以三十节的速度向东航行，您看到我们了吗？"

"我通过'雷神'看到你们了。另外，还有个好消息，'死神'无人机已经被干掉了。"

"干得好！告诉我方位坐标，我们开到那里，好让你们来接。"

迈尔斯报给了他一组 GPS 坐标，地方在大约离海岸三十千米的公海水域。"天空登陆者 50"需要从一万英尺的高空下降到海平面上，因此，该处也是最可行的接应点。

"我的队伍里还有一半的队员在海滩上拼命抵抗。你能让无人机飞到他们上空，敲打敲打卡姆勒的人吗？"

"目前只剩下一架'雷神'了，再加上在混战中导弹全部用完了。不过'雷神'可以以一马赫的速度低空飞行，让沙滩上扬起沙子。"

"就这样吧！请密切关注队伍成员！我们安全，孩子也安全。请尽你所能给他们提供一切支持。"

"明白！"

迈尔斯将会派他的无人机操作员操控"雷神"低空飞过海滩，反复炫耀武力。那样做应该会让枪手们低头躲避。而在一次次低空飞行的冲击下，耶格的队员们一定能抓住机会逃生。

想到这里，耶格让自己放松了片刻。他靠在充气艇的一侧，竭力抵抗一波波的疲惫感。他想起了露丝和卢克，感谢上天让他们还活着，让西蒙·查克斯·贝洛也还活着。

他们把孩子安然无恙地带上了这艘充气艇，这简直是一个奇迹。

更重要的是，这个孩子是耶格一家活下来的关键人物。

第 二 十 章

最后的希望

　　当他们飞驰掠过海面时，耶格想到了"野猫"的机组人员。那样死去真的很可怜，但至少它是发生在瞬间的。他们是为了拯救人类而牺牲的，他们是英雄，他不会忘记他们。而他现在的任务就是要让他们的牺牲值得，同时也确保拉夫、阿隆索、神岛广和詹姆斯都能活着离开那片海滩。

　　耶格提醒自己，他们都是优秀的战士，是最优秀的。如果说有人能逃离那里，那只有他们能做到。不过，那片开阔的海滩能为他们提供的掩护有限，而且他们要以一敌三。他多希望自己能回到那里，与队员们并肩作战。

他脑海里想到了造成这么多死亡和痛苦的始作俑者，邪恶阴谋的策划者——卡姆勒。当然，他们现在有了足够的证据，可以给他定罪十次。他的"老板"丹尼尔·布鲁克斯肯定就有正当的理由去抓他了。毫无疑问，抓捕行动肯定已经开始了。

但正如纳洛芙提醒的那样，卡姆勒应该也会预料到这些，他会隐藏在他认为没有人能找到他的地方。

卫星电话的铃声将耶格的思绪拉回到现实，他接起了电话。

"我是迈尔斯！恐怕有人要来和你们做伴了，有一艘摩托快艇正冲向你们，是卡姆勒的人。不知怎的，他们从阿曼尼海滩追了出来。"

耶格恨恨地骂了一句。"我们能开快点甩掉他们吗？"

"那是一艘'圣汐克捕食者57'快艇，最快速度是四十节，他们很快就会赶上你们。"

"'雷神'能对付它吗？"

"导弹都用完了。"迈尔斯提醒他。

耶格突然有了一个想法。"听着，还记得神风敢死队吗？日本飞行员，他们在二战期间驾驶飞机故意撞向盟军的舰艇。你的无人机操作员能做到吗？用没有导弹的无人机袭击'圣汐克捕食者'，让'雷神'以一马赫的速度撞过去？"

迈尔斯让他稍等，他需要确认一下。几秒钟后，他回来说："可以。这是违反常规的做法，根本就不是他们训练过的内容，不过，他认为可行。"

耶格的眼睛倏地亮了。"完美！但这意味着海滩上我们的人会没有任何掩护。"

"确实如此，但这也是无可奈何。而且保护这孩子是首要任务，只能出此下策了。"

"我明白。"耶格回答，语气中透露出无奈。

"好，我们会重新安排'雷神'的任务。不过'圣汐克'很快就会赶上你们了，因此做好战斗准备吧，我们将尽快派无人机过来。"

"收到。"耶格回复。

"我们要绝对保证这个孩子的安全，你们一上飞艇，我们会立刻派出两架F-16战斗机，为你们保驾护航。布鲁克斯已经命令战机从最近的美国航空基地紧急起飞，他说他已经整装待发，要在明面上和卡姆勒来个最后清算。"

"决一死战的时候到了。"

耶格挂断了电话，将他的MP7冲锋枪准备好，同时，他示意纳洛芙也准备好。"有人来了，一艘摩托快艇追了过来，应该马上就能看到。"

充气艇加速向前行驶，但正如耶格所担心的那样，他们发现身后有艘船正向他们靠近，船后掀起一道明显的白色弓形波浪，溅起一朵朵浪花。他和纳洛芙已经就位，跪在船舷边，将MP7冲锋枪架在舷上。在这种时候，耶格真希望手里有一件射程更远的武器。

"圣汐克"尖尖的船头就像一把刀一样劈开大海，发动机引擎在船后搅出了巨大的白色旋涡。船上的人都配备了AK47，从理论上讲，其有效射程为三百五十米，仅为MP7冲锋枪的一半。

但是，要从全速行驶的船上准确射击，即使是最好的枪手，也很困难。另外，耶格希望卡姆勒的手下是在当地获得的武器，这样的话，他们不太可能对枪支进行适当的校准。

"圣汐克"迅速逼近，耶格看到了好几个人的身影。有两个人坐在船的前舱，在摇晃得厉害的驾驶舱前面，武器架在船舷上。还有三名枪手坐在高处和船尾的位置。

坐在船头的那人开火了，朝快速行驶中的充气艇一通扫射。戴尔在紧张交火的回合中驾驶小艇左冲右突，试图迷惑射手，可惜他们没有多少时间了，也没有选择的余地。

耶格和纳洛芙瞄准了目标，但还没有开枪。"圣汐克"发出隆隆声，离他们越来越近了。一发发子弹掠过海面，钻进充气艇两侧的船舷。

耶格飞快地往身后看了一眼，西蒙·查克斯·贝洛蜷缩在角落里，浑身颤抖，惊恐地转着眼珠。

耶格扣动扳机，向"圣汐克"的艇身扫射了几下，但这似乎对这艘快速行驶的摩托艇没有产生什么影响。他强迫自己镇静下来，将注意力集中在呼吸上，摒弃脑海里的所有杂念。他看了纳洛芙一眼，然后他们一起进行了第二轮射击。

耶格看到一颗子弹击中了"圣汐克"前舱的一个人，那家伙一头向前栽倒。然后，他看到另一名枪手毫不费力地把那个被击中的人拎了起来，扔到了海里。

这是一个极其残忍的举动，这种做法让人感到心寒。

那个枪手用他那健硕的手臂和肩膀的力量将尸体丢到了海里。一时间，耶格的思绪回到了过去的某一时刻：那个枪手的体形和动作似乎有种令人毛骨悚然的熟悉感。

随即，他想起来了。在那个遇袭的夜里，他的妻子和孩子被绑架了，他看到的就是这个庞大而笨重的身形，听到了面具后令人憎恨的声音。那个人和此人就是同一个人。

坐在"圣汐克"船头上的人正是史蒂夫·琼斯，那个在英国特种空勤团选拔中差点杀了耶格的家伙。

耶格凭直觉意识到，这个家伙正是绑架他妻儿的绑匪。

耶格把手伸向那个孩子——宝贵的孩子，他此刻正平躺在充气艇的底部，躲避凶猛的火力。西蒙·查克斯·贝洛躺在那里什么也看不见，耶格非常清楚他遭受了多大的身心痛苦。他已经听到那孩子吐过一次了。

"坚持住，英雄！"他对男孩大声喊道，给了他一个鼓励的笑容，"我保证，我不会让你死的！"

"圣汐克"还在迅速逼近，距离他们的船尾只有一百五十米了。全凭那波涛汹涌的海浪，充气艇才避开了它的火力攻击。

但是，这种情形不会持续很久。

距离再近一点的话，琼斯和他的人发射的子弹一定会击中他们的。更糟糕的是，耶格的弹药严重不足。

他和纳洛芙每人打光了六个弹匣，所以他们大约使用了两百四十发子弹。听起来似乎用了很多，但要仅用两把短程枪支击退一艘载有二十来名枪手的穷追不舍的快艇，这点子弹是不多的。

充气艇很快就要遭受毁灭性打击了，这只是个时间问题。

耶格试图拿起卫星电话给迈尔斯打电话，强烈要求"雷神"援救，但他知道，自己不能放松警惕或放松目标瞄准。一旦"圣汐克"进入他们的视线，就要又准又狠地予以痛击。

片刻之后，那艘造型时髦的摩托快艇再次出现了，威武的艇身划过他们的尾波。耶格和纳洛芙用猛烈的火力以牙还牙。他们清楚地看到了琼斯站起身，端着机枪扫射了一波。子弹穿越大海形成了一道沟，直接冲向充气艇。毫无疑问，琼斯枪法高明，这轮射击正是冲他们来的。

然后，就在最后一刻，戴尔猛踩油门驾着船越过一个波峰，充气艇驶出了视线之外，子弹在他们头顶上空掠过。

现在，可以听到"圣汐克"巨大的引擎发出的隆隆声。耶格抓紧冲锋枪，环视着海平面，盘算着那艘摩托快艇接下来可能会出现的地方。

就在这时，他听到了巨大的轰鸣声——响声震天，仿佛一场深海地震在撕裂大海底部。这声音响彻云霄，淹没了其他所有的声音。

片刻之后，一个飞镖般的物体从天而降，它依靠单个劳斯莱斯阿杜尔涡轮发动机提供的动力，时速可达八百英里。飞机在他们上方低空掠过，因为无人机操作员在不断地调整飞行路径，以让它咬紧目标。

耶格听到了"圣汐克"方向传来的震耳欲聋的枪声，那是船上的人在试图击落空中的无人机。他的宿敌猛烈开火回击时，耶格用 MP7 瞄准琼斯，近距离地打了几发子弹。

在他身旁的纳洛芙也同样在尽力不浪费剩下的子弹。

但就在这时，耶格察觉到了危险。

他的耳朵听到了一声轻柔的、令人讨厌的闷响声，这是一颗高速子弹打进人体皮肉的声音。纳洛芙还没来得及喊一声，中枪的她就往后倒去，随即就从船上滚入了海里。

就在她血淋淋的身体滚入海里时，飞镖般快速飞行的"雷神"出现在海平线上，只见一道炫目的亮光闪过，瞬间，海面上发出震耳欲聋的爆炸声，一片片爆炸碎片如雨点般落向四面八方。

充气艇在海面上快速前行，被击中的"圣汐克"开始燃烧起来。它的船尾被击中了，正冒出火焰和滚滚浓烟。

耶格立即不顾一切地搜寻着身后的水域，寻找纳洛芙的下落，但根本没看到她的踪影。此时，充气艇正以最快的速度向前飞驰，他们很快就会失去她了。

"掉头！"耶格对戴尔喊道，"纳洛芙中弹掉入海里了。"

戴尔一直都在看着前面，驾着船穿过变幻莫测的波涛。他根本没看见发生了什么事。他放慢了航行速度，准备掉头。这时，卫星电话响了。

耶格接通电话，是迈尔斯。"'圣汐克'被击中了，但并没有被击毁。还有几个人活着，他们身上都还带着武器。"他停顿了一下，仿佛正从他的有利位置看着一切，然后接着说，"不管是因为什么事情让你放缓了速度，你都要重新加速，快点到接应点去。一定要救出那个孩子。"

耶格听后，用拳头狠狠砸在了充气艇的船舷上。如果他们掉头回到闷燃的"圣汐克"残骸旁去寻找纳洛芙，那个男孩被击中而死亡的风险就太高了。他很清楚这一点。

他知道自己此时正确的做法是继续向前航行——为了他的家人，也为了全人类。但他恨自己此刻要做出这样的决定。

"继续向前，"他冲戴尔咆哮道，"快开！朝着会合点开。"

远处突然朝他们开了枪，仿佛在证明他这个决定有多么明智。显然，卡姆勒的一些手下——可能也包括琼斯本人——在表明决心，要决一死战。

耶格在船舱内走来走去，一边试图安慰西蒙·查克斯·贝洛，一边扫视前方的天空，搜寻"天空登陆者50"那矮胖的球形身影。因为除了这个，他不知道自己还能做什么。

"听着，孩子，冷静下来，我们很快会把你从这个该死的地方救出去。"

但他并没有听清西蒙的回答，因为他的内心正充满愤怒和沮丧。

几分钟后，飞艇渐渐出现在了视野中，那幽灵般白色的身影从天而降，像一个幻影。飞行员驾驶着它庞大的身躯，完美地盘旋着，缓慢靠近海面。在"天空登陆者50"的起落橇触碰海面时，固定在艇身的各个角落的巨大的五叶推进器激起了一大片海浪。

　　飞行员让飞艇缓慢下降，直到打开的坡道末端浸入海浪中。飞行员将飞艇停稳，涡轮机发出尖锐的声音，下曳气流激起的海水如暴风雨般打在充气艇上三个男人的脸上。

　　现在由耶格接替戴尔操控这艘充气艇。他将要尝试让充气艇巧妙地移动，他曾看到一名突击队战友这么操作过。那时，他还是一名年轻的海军陆战队新兵。那位突击队的战友经过了多年训练才能完成的操作，耶格仅有一次机会，而且必须完美完成。

　　耶格掉转充气艇的船头，对准飞艇的货舱。装卸长站在"天空登陆者50"打开的坡道上，竖起了大拇指。这时耶格加大油门，舷外引擎发出隆隆的咆哮声，充气艇猛地向前冲去，他被重重地甩到驾驶座上。

　　此刻，他们要全速冲上"天空登陆者50"的坡道，耶格丝毫不敢大意。

第 二 十 一 章

水中恶战

冲上坡道的前一刻，耶格抬起了舷外引擎，推进器几乎露出了水面，然后熄了火。巨型飞艇就在他们上方，充气艇冲上了坡道，一阵剧烈的颠簸，高高跃起，然后猛地摔下，发出砰的一声，打横进入了货舱。

充气艇继续向前，侧身滑向飞艇甲板，最后终于在剧烈抖动中停了下来。

他们进来了。

耶格向装卸长竖起了大拇指。喷气式发动机在他们上方轰鸣着，开始全速运转起来，飞艇准备从海上升起它的庞大身躯，带着其他货物起飞。

飞艇往上升了一点，海浪贪婪地吸吮着它底部的起落橇。

耶格转过身，揉了揉西蒙·查克斯·贝洛的头发。

或许他们的确救了西蒙·查克斯·贝洛，但他们能拯救全人类吗？

或者，能拯救露丝和卢克吗？

卡姆勒一定想到了他们会去找那个孩子，否则他为什么要冒险派他的人来搜捕呢？他一定得知了这个事实，西蒙·查克斯·贝洛就是解决办法，就是解药。

耶格心里坚信，这个男孩会成为他们所有人的救星。但是此刻，他并没有体会到任何喜悦或成就感。纳洛芙被子弹击中，掉下充气艇的可怕画面深深地烙在了他的脑海里。

抛下她不管——这样的做法让他备受折磨。

他顺着货物坡道往外看去。海面被搅起了大量的水花。飞艇的喷气式发动机达到最大转速，发出刺耳的声音，但飞艇仿佛在这瞬间被卡住了。他黯然向边上看了一眼，目光落在了"天空登陆者50"的一个形状独特的救生筏上。

刹那间，他脑海里有了一个计划。

耶格没有片刻犹豫，他朝着戴尔大喊一声保护好孩子，然后就一把扯下救生筏，沿着飞艇的坡道冲了下去，一直跑到了坡道尽头，前面就是海水的位置。

他一把抓起装卸长使用的无线电耳机呼叫迈尔斯。"让飞艇起飞，但保持在五十英尺以下的高度，慢慢把我们带往正西方向。"

迈尔斯确认收到信息，耶格感觉到四个转动着的巨大推进器发出了更加尖锐的声音。飞艇似乎悬空挂在那里很长时间了，推进器划破空气，将气流推向艇身两侧，而海浪则有力地拍打着艇身。

接着，巨大的飞艇整个艇身似乎都颤抖了一下，仿佛最后一使劲，终于挣脱大海的怀抱。突然间，他们就被带到了空中。

这架巨型飞艇转了个方向，开始向西飞行。耶格用 GPS 和还在燃烧的"圣汐克"残骸做参照，仔细查看海面。

他终于看到了目标——海浪中一个小小的身影。

大约离飞艇一百米。

耶格没有片刻犹豫，他估计当前高度超过了五十英尺。这有点高，但是如果以适当的姿势入海，不会有生命危险。关键是要放下救生筏，否则，他很快就会被浮力带上水面，就像他撞到了砖墙上一样。

耶格把救生筏往下扔，几秒钟后他也跳了下去，一头扎进海里。落水之前，他采用了经典的跳水姿势——双腿紧紧并拢，脚面绷直，双臂抱胸，收紧下巴。

撞到海面时，他差点失去信心，但是当他进入水里后，他感谢上天没有让他受伤。几秒钟后，他浮出水面，听到了救生筏自动充气时发出的特有嗞嗞声。救生筏内置了一个装置，撞击水面时会自动触发，然后开始充气。

耶格抬头向上看了一眼，"天空登陆者50"正载着"珍贵"的货物升空，离开了危险地。

用"救生筏"这个词称呼耶格这个充气物件着实不公平，因为它充满气后，就变成了一只迷你版充气艇，配有一个结实的拉链式封盖，外加一对桨。

耶格爬上救生筏，调整方向。作为一名英国皇家海军陆战队前突击队员，他在海上也感觉轻松自如，就如同在陆地上一样。他确定了最后一次看见纳洛芙的位置，然后开始划船。

几分钟后，耶格才看清了那里确实有个人，但是不仅仅只有纳洛芙。耶格的眼睛被一个划破水面的V型背鳍所吸引，有东西正围着她血淋淋的身体。珊瑚礁能保护海滩免受这类捕食者的破坏，但这里没有珊瑚礁作为保护屏障。

肯定是一条鲨鱼，纳洛芙有危险。

耶格扫视了一下水面，看见另外两个尖尖的背鳍。他加快速度，不顾一切地靠近纳洛芙，逼着自己划得更快些，肩膀痛得让他想要尖叫。

最后，他靠近了纳洛芙，把桨收好，然后伸手把她从海水中拽上救生筏，他们一起倒在了救生筏底部，喘着粗气，浑身湿漉漉的，狼狈不堪。纳洛芙在水上漂了很久，大量失血，耶格不知道她怎么能还有意识。

纳洛芙躺在那里，喘着粗气，双眼紧闭，耶格急忙帮她处理伤口。像所有优良的救生筏一样，这个救生筏配备了基本的生存必需品，包括医药箱。纳洛芙肩膀中弹，但据耶格判断，子弹直接穿过了她的身体，没有伤到骨头。

她真是交了好运啊，耶格心想。他帮纳洛芙止住了血，然后包扎了伤口。现在最关键的是让她补充水分，弥补流失的血液。耶格塞了一瓶水给纳洛芙。

"喝水，不管有多难受，你都要喝水。"

纳洛芙接过水瓶，大口喝了一些。她看着耶格的眼睛，嘴巴动了动，但根本没发出声音。耶格倾身靠近她，她重复了一遍，声音低得和沙哑的耳语声差不多。

"怎么这么久……因为什么事耽搁了？"

耶格摇了摇头，然后笑了起来，真是不可思议的女人。

纳洛芙强忍住自己的笑声，但笑声随即被一阵咳嗽声取代。纳洛芙的脸咳得变了形，耶格不得不对她快速采取适当的医疗措施。

他正要拿起桨划船，突然听到了从西面传来的说话声。"圣汐克"的残骸还在燃烧，产生了大量浓烟，他们看不清说话声具体的位置。

耶格非常肯定那个人是谁，也决定了自己接下来要怎么做。

耶格四处寻找武器，救生筏上没有任何武器，纳洛芙的 MP7 肯定掉到了海底。

然后耶格看到了一样东西，是纳洛芙那把独特的突击刀，那把刀一如既往地插在纳洛芙胸前的刀套中。这是耶格的祖父送给她的，刀锋有七英寸长，锋利无比，正是耶格心中完美的武器。

耶格伸手解下她的刀套，系在了自己身上。看到纳洛芙询问的目光，耶格靠近她说："你待在这里，不要乱动。我还有事情要做。"

说完，他站起身来到救生筏的边上，然后往后一仰，倒入了海水里。

进入水里后，耶格花了一点时间，寻着透过海上浓烟传来的说话声，向前游去。

他用长长的手臂奋力划水，只露出头在水面。很快，烟雾吞没了他，他现在只能靠耳朵辨别方向。一个特别的声音——琼斯粗哑又刺耳的声音——引导着他前进。

"圣汐克"配备的救生筏是一个大型的充气装置，

设计成六边形，上面有一个防雨罩。防雨罩是打开着的，琼斯和另外三个幸存下来的同伴坐在里面，正仔细检查船上的供给品。

琼斯肯定看到他的子弹击中了纳洛芙，亲眼看到她落入大海。他不是一个会放弃或屈服的人，他知道自己的任务还未完成。

现在是耶格结束这一切的时候了。

他一定要把这条毒蛇的头砍下来。

救生筏远比孤身一人在海中潜行的游泳者更为显眼。当耶格游到救生筏后面时，他停了下来开始踩水，眼睛和鼻子只略微露出水面。他让自己冷静了片刻，然后深深地吸了一口气，钻入了水下。

他潜到救生筏下方，在防雨罩打开的侧面位置无声无息地浮出水面。他看到了琼斯庞大的身躯压得救生筏向一边倾斜。突然他用力蹬水，从琼斯背后的海水里跳了起来，闪电般地用自己的右臂死死勒住了琼斯的脖子，将他的下巴猛地往上一拉，再向右一扭。

与此同时，耶格的左手用力猛地一刺，将刀锋刺入琼斯的锁骨，直插他那颗黑色的心脏。几秒钟后，两人叠在一起，掉下了救生筏，一起沉入海水中。

仅凭一把短刀很难杀死一个人，而要杀死一个如此强大又经验老到的对手，更是难上加难。

两人沉入海水深处。他们纠缠在一起，不断翻滚着，扭打着。琼斯奋力挣扎，想要摆脱耶格勒住他脖子的手臂。他一直在用手抓、用肘顶，不断撞击，拼命想要挣脱。尽管他受了伤，力量依然大得惊人。

耶格简直不敢相信对方有如此惊人的力量，感觉自己就像被拴到了一头犀牛身上。就在耶格以为自己压制不住琼斯的时候，他眼角瞥见一个身形线条流畅，头部如箭头状的东西，其锋利的 V 形鳍在水中很是显眼。

是鲨鱼，它是被血腥味吸引来的，是史蒂夫·琼斯的血。耶格朝鲨鱼的方向看了一眼，猛然意识到他们被十几条，甚至更多的鲨鱼包围了。

他积蓄着力量，松开了手臂，用尽全力踢开琼斯。那个大家伙在水中转着圈，肌肉发达的手臂在暗光中摸索，想要抓住耶格。

那一刻，琼斯一定感觉到了它的存在，或者说它们的存在，那些鲨鱼。

耶格看见他惊恐地瞪大了眼睛。

琼斯的血从伤口不断涌入水中。耶格蹬腿游得更远了些，他看到一条鲨鱼用鼻子用力地撞击着琼斯。琼斯试图抵抗，一拳打在鲨鱼的眼睛上，但此时，那条鲨鱼已经尝到了他的血的味道。

耶格拼命往水面游去，将琼斯留在海底那群翻滚的身体中间。

此刻，耶格难受得喘不上气了，但他知道海面上等待着他的是什么——扫视着大海的枪手。耶格用尽最后一丝力气游到了敌人的救生筏下面，用纳洛芙的刀划开了它的整个底部。

筏底破了，救生筏上的三个人掉入海水中。这时，其中一个人踢了一脚，踢到了耶格的头部。有那么一会儿，耶格觉得眼前发黑。片刻之后，他抓住了救生筏漏气的破口边缘，让自己的身体往上浮。

耶格从筏尾伸出头和肩膀，吸了满满的几口氧气，然后再次潜入海里。潜至深处时，他才发现手中纳洛芙的刀不见了。他担心以后不知如何交代……要是他能活着离开这里的话。

他朝着自己的救生筏的方向游去。海里的枪手很可能已经看到他了，不过他们现在想的都是该怎么活命。他们被划破的救生筏里应该还有救生衣，尽管如此，他们也得奋力自救。耶格要把他们交给大海和那些鲨鱼了。他的任务已经完成，他得离开了，带着纳洛芙安全离开。

几分钟后，耶格拖着湿透的身体艰难地爬进了"天空登陆者50"的救生筏里。他躺在筏底，喘着粗气，筋疲力尽。这时，他看到纳洛芙挣扎着起身去拿桨，他不得不立即伸手阻止纳洛芙。

耶格在救生筏上坐好，划起桨来，离开这片血腥之地，向岸边划去。他划着桨，看了一眼纳洛芙。她已经疲惫不堪，现在又开始昏迷。耶格需要纳洛芙保持清醒，不断补水，保持体温。随着肾上腺素水平的降低，他们两人都需要补充能量。

"看看救生筏上备了什么，比如干粮。我们还要划很长时间的船，你需要不断喝水吃东西。我来划，但你得保证活下去。"

"我保证。"纳洛芙喃喃道，她的声音听起来模糊不清。她一边伸出那只未受伤的胳膊去翻东西，一边说："毕竟，你是为了救我才回来的。"

耶格耸了耸肩说："你是我的队友。"

"你的妻子在那艘飞艇上，生命垂危，我也在海里，命悬一线，而你却还回来救我。"

"我的妻子有医务人员照顾，至于你……好吧，我们是一对'度蜜月'的夫妻，还记得吗？"

她心不在焉地笑了笑。"傻瓜。"

耶格需要让她不停地说话，集中注意力。"伤怎么样？肩膀还痛吗？"

纳洛芙试着耸耸肩，痛得龇牙咧嘴。"我还能活下去。"

那就好，耶格心想，这个女人，自始至终都顽强不屈、直率真诚。

"我来划船带你回去，你最好坐稳了，享受这段旅程。"

第二十二章

浮出水面

　　耶格划着"天空登陆者50"的救生筏回到岸边，然后把纳洛芙送到最近的医院。这事已经过去五个星期了。耶格当时已经到了体力的极限，似乎让他老了好几岁。至少纳洛芙是这么说的。

　　他伸手拿起一个外科口罩蒙住口鼻，给站在旁边的小孩也戴上口罩。在过去的几个星期里，他几乎没有和西蒙·查克斯·贝洛分开过，两人的关系已经变得密不可分。

　　这个拯救了全世界的孩子好像变成了他的第二个

儿子。

耶格抬头看了一眼，发现有人在，他微笑地对这个人说："啊，太好了！你在这里。"

这个人穿着白色手术服，是阿尔曼·哈内迪医生。他耸了耸肩，说："过去几个星期，我什么时候不在这里了？一直在忙……我想我都忘记了我的妻子和孩子长什么样了。"

耶格笑了。他与露丝和卢克的医生相处得很好，久而久之，他也了解到了一点他的故事。哈内迪医生来自叙利亚，是在 20 世纪 80 年代的第一批难民潮中来到英国的，当时他还是个孩子。

他受到过良好的教育，在医学界的地位步步高升，取得了不错的成就。显然，他热爱自己选择的领域，过去的几个星期，他放下了手头的工作，专心致志地与世界上最可怕的疫病战斗，这对他来说算是额外的奖赏吧。

"这么说她渡过难关，恢复意识了？"耶格着急地问。

"当然，她三十分钟前就醒过来了。你妻子坚强得不可思议，被这种病毒折磨那么久，居然挺过来了……简直就是个奇迹。"

"卢克呢？他昨晚睡得好些了吗？"

"嗯，我想有其父必有其子，你儿子天生就是强者。"哈内迪揉了揉西蒙·查克斯·贝洛的头发，"小家伙，你拯救了数万人的生命，你准备好和其中的一个打声招呼了吗？"

孩子的脸红了。委婉地说，西蒙·查克斯·贝洛发现自己很难应对媒体的关注。这一切有点过头了，他不过就是捐了几滴血而已。

"准备好啦！但是最难的事情都是耶格完成的，我没做什么。"西蒙有些羞怯地看了耶格一眼。耶格一直试图让他不要太谦虚，但总是没什么效果。

他们都笑了起来。"就说是团队合作的成果吧。"哈内迪恰到好处地建议。

他们推开了门，只见有个人躺在枕头上。她一头浓密的黑发，小巧精致的五官，那双海绿色的大眼睛闪烁着金色的光芒。她眼睛中是绿色比蓝色更多，还是蓝色比绿色更多呢？耶格从来都分辨不清，因为它们似乎总是随着光线的明暗和她情绪的变化而发生变化。

耶格再次被妻子非凡的美貌所震撼，多么美丽动人的女人啊！这段时间以来，他每分每秒都与妻子和卢克待在一起，仅是看着他们或握着他们的手。每一次他都会升起同样的想法：这样的爱到底是从何而来的呢？这是唯一一件让我想不通的事情。

露丝虚弱地对他笑了笑，自从病毒夺去她的意识，把她吸进了黑暗的旋涡以来，也是自从耶格看到她被推进"天空登陆者50"的病患隔离舱以来，她第一次有了清醒的意识。

耶格笑着说："你可醒了！感觉怎么样？"

"我和病毒……斗争了多久？"她问，脸上露出困惑的神情，"好像是过了一个世纪。"

"好几个星期了，现在你终于醒了。"耶格看了那个孩子一眼，"是他帮助了你，这是西蒙·查克斯·贝洛。我认为——我们认为——你会想见见他。"

露丝把目光转向那个男孩。她眼含笑意，似乎整个世界也跟着一起笑了。露丝一直有这种神奇的能力，她的笑容能点亮整个房间，这就是她的魅力，这也是她最初吸引耶格的地方。

露丝伸出了一只手，说："很高兴见到你，西蒙·查克斯·贝洛。我知道，没有你，我们都……不能活下来，你真是个了不起的孩子！"

"谢谢您，夫人。但我其实并没有做太多，只是扎了一针而已。"

露丝好笑地摇了摇头。"我听到的可不是这样。我听说你被坏人追杀，跳上了一条船，然后在海上又九死一生，更不用提史诗般地飞艇营救壮举了。欢迎来到我丈夫的世界。我的丈夫威尔·耶格，是一个非常可爱，但同样非常危险的人。"

他们全都放声大笑起来。这就是露丝，耶格想，总是那么冷静，善良，言行举止总是那么恰当。

耶格指了指通往隔壁房间的门。"去看看卢克吧。去和他下棋，打败他，你很想这么做吧。"

西蒙·查克斯·贝洛拍了拍挂在他肩上的背包。"在这里，我还给他带了一些零食，我们早就准备好了。"

说完，他走了进去。现在，卢克已经恢复意识整整一个星期了，他和西蒙已经能机敏地对答了。

在贫民窟，没有多少电子娱乐设备。很少有家庭配置电脑，甚至很少有电视，孤儿家庭的话就更少了。因此，他们就玩很多棋类游戏，大多数棋都是自制的，用一片片硬纸板和其他废弃物拼凑而成。

西蒙·查克斯·贝洛是个高手。卢克正绞尽脑汁，尝试各种花招，但西蒙仍然可以在十五步内打败他，这让卢克很抓狂。他继承了父亲的争强好胜，从不轻易认输。

露丝轻轻拍了拍床，耶格在她旁边坐下，他们拥抱在了一起，仿佛再也不想放开对方似的。耶格几乎无法相信她真的活下来了，在过去的几个星期里，他一直在担心他们会失去她。

"他还真是个不错的孩子，"露丝看着耶格轻声说，"知道吗？你是个了不起的爸爸。"

耶格凝视着露丝。"你在想什么？"

她微微一笑。"他拯救了世界，还救了我们。卢克不是一直想要一个哥哥吗……"

过了一会儿，耶格和西蒙离开了医院。他们一走出医院，耶格就打开了他的手机，手机发出叮的一声，里面跳出一条新消息，他点开了这条信息。

> 我父亲躲在山下的巢穴里，在烈焰天使
> 峰……我是无辜的，我父亲是个疯子。

信息无须署名。

法尔克·柯尼希终于现身了。

这条信息给出了耶格一直在寻找的线索。

西蒙·查克斯·贝洛被人从海上救起后的几天里，被紧急送往了位于佐治亚州亚特兰大的美国疾病控制和预防中心。

他们从他的血液中分离出了免疫体，合成了可以大规模生产的接种疫苗，如此一来，那些没有被病毒感染的人可以获得病毒免疫力，从而免遭感染。

开发能治愈疫病的药物需要更长的时间，但还是及时拯救了大多数感染了戈特病毒的人。这次疫病造成了一千三百人的死亡——仍是巨大的悲剧，但与汉克·卡姆勒的计划人数相比，这已经是万幸。

　　在疫情最严重的时候，全世界都处于崩溃的边缘。如果不是大街上引发了恐慌，可能不会死那么多人，但好歹避免了最糟糕的麻烦和混乱。这一次，世界各地政府公开了病毒详情以及病毒的来源。这样真诚坦率的态度让世界各国人民重拾信心。

　　即便如此，几个月之后，联合国世界卫生组织才宣布疫情结束。那个时候，西蒙·查克斯·贝洛已经获得了英国国籍，成了耶格家庭中的一员。

　　他还被授予美国总统自由勋章，这是美国最高的平民荣誉，该荣誉专门授予那些为美国的安全和世界和平做出了杰出贡献的人。

　　然而，美国总统约瑟夫·伯恩没有为他颁发这枚奖章，因为他正身陷一桩情报丑闻中，已经被赶下台了。真是谢天谢地。

　　阿曼尼海滩上耶格的队伍成员——拉夫、阿隆索、神岛广和詹姆斯——在猛烈的炮火中受了伤，但他们在"雷神"的掩护下死里逃生，所有人都活了下来。不过，他们老是开玩笑说耶格不够哥们儿，丢下他们，让他们在海滩上死战到底。

伊琳娜·纳洛芙的身体已经从病毒感染和伤势中完全康复了。但是，她责怪耶格在与琼斯的打斗中弄丢了她那把珍贵的突击刀。

此刻，汉克·卡姆勒——美国中央情报局前副局长——仍然不知所踪，下落不明。毫无疑问，他现在成了全球头号通缉犯。

与此同时，耶格、露丝、卢克和贝洛斯——他们为西蒙取的昵称——终于全家团圆了。此外，耶格托人为纳洛芙打造了一把新的短刀。

他提出了一个特别的要求，那就是，刀身要锋利。

贝尔·格里尔斯的
生存秘籍

遇到火山爆发，如何自救？

★ 火山爆发时，会喷出很多烟尘、石块、沙砾。此时，我们需要保护好面部。可以戴上口罩、帽子，或者用潮湿的东西捂上口鼻，防止吸入有毒气体。

★ 火山爆发前，通常会有征兆。比如：轰隆隆的响声、频繁的地震、河水水位的变化、酸雨的出现、山上出现不容易散去的水雾等。遇到这种情况，如果附近有火山口，就要快速逃命。

★ 如果从靠近火山口的位置逃跑，一定要佩戴建筑工人专用的安全帽、符合安全标准的摩托车头盔、马术头盔等，保护好头部。

★ 如果火山已经有间歇性爆发的现象，一定要迅速逃跑。火山爆发时，现场会非常混乱，逃生人员会非常多，如果等到那时，要井然有序地逃跑，不要推搡，避免发生踩踏事故。

★ 火山爆发时，要利用能找到的任何交通工具逃跑，如果发现车轮被火山灰破坏，要果断弃车，迅速奔跑逃命。

★ 如果已经看到岩浆，要尽快逃离低洼地带，往高处跑，低洼地带大概率是岩浆经过的地方。还要远离河谷、河道的地区，岩浆的温度很高，如果不小心掉进去，就麻烦大了。

★ 火山爆发前后，气温变化非常大，要提前穿上厚衣服。不要躲在木板房里，火山爆发后，木板房随时有倒塌的危险。

★ 火山爆发后，要迅速戴上护目镜、滑雪面罩等一切能保护眼睛的东西，用湿布捂住口鼻。如果有条件，一定要佩戴防毒面具。等逃到安全区，要迅速脱掉身上的衣物，清洗暴露在空气中的皮肤，并用干净的水清洗眼睛。

在野外无法辨别方向，应该怎么做？

一、手表法

★ 若你在北半球，将手表的时针对着太阳。观察时针与表盘上 12 的夹角，找到夹角的角平分线，这条角平分线所指的方向就是南方。

★ 若你在南半球，将表盘上的 12 对着太阳。观察表盘上 12 与时针的夹角，找到夹角的角平分线，这条角平分线所指的方向就是南方。

二、日影法

★ 找一根木棍，立在太阳底下，在木棍影子的顶端做一个标记。

★ 十五分钟之后，影子会移动，在此时的影子顶端再做一个标记。

★ 将这两个标记连成一条线，这条线就是东西方向，垂直于这条线的方向就是南北方向。

三、观察天象法

★ 太阳东升西落，而人的影子是由西向东移动。如果在北半球，太阳是在偏南的方向东升西落，如果在南半球，太阳则是在偏北的方向东升西落。

★ 北极星在地球的正北方，它的高度角相当于当地的纬度。找到北极星，就能辨认出正北方。

★ 寻找北斗七星，北斗七星是北半球夜空中很亮的七颗星星，连起来像一个勺子，将勺口前端两颗星星连起来，往勺口的方向延伸五倍的位置，就是北极星的位置，找到北极星，便能找到正北方。

四、观察树木法

★ 仔细观察树木的枝叶，北半球枝叶繁茂的一侧为南方，南半球枝叶繁茂的一侧为北方。

★ 观察树上或石头上的青苔，青苔喜阴，故北半球青苔大面积生长的方向为北方，南半球青苔大面积生长的方向为南方。

★ 观察大树的横截面，一般大树横截面上会有年轮。北半球年轮的北方较紧密，南方较稀疏。南半球年轮的南方较紧密，北方较稀疏。

致　谢

特别感谢 PFD 出版社的文稿代理人卡罗琳·米歇尔、安娜贝尔·梅鲁洛和劳拉·威廉姆斯，感谢她们为支持本书出版付出的努力。感谢乔恩·伍德、杰迈玛·弗雷斯特，以及奥利安出版社的马尔科姆·爱德华兹、马克·拉什和利安娜·奥利组成的"格里尔斯团队"。感谢 BGV 公司的所有人，是他们将威尔·耶格系列电影搬上了荧幕，让故事得以完美呈现。

感谢雅芳防护公司的哈米什·德·布雷顿·戈登、奥利·莫顿和伊恩·汤普森，感谢他们在生化武器、核武器等领域的防护措施方面为本书提供了宝贵的建议和专业知识。感谢克里斯·丹尼尔和英国混合航空飞行器公司的所有人，感谢他们在飞行器空降方面提出的见解和专业知识指导。感谢保罗·谢拉特和安妮·谢拉特在历史知识方面提供的建议和指导。感谢威塞克斯自闭症协会的鲍勃·朗德斯提供的关于自闭症和自闭症谱系障碍患者的建议。感谢彼得·希姆从年轻人的角度对这本书的手稿提出的建议。感谢军官阿什·亚历山大·库珀提供的军事技术建议。

最后特别感谢达米安·刘易斯，在发现我祖父的"绝密"战争材料后，我在他的协助下，创作了这部小说。在这样一个现代背景下，给那些第二次世界大战期间的文件、备忘录和文物赋予非凡的意义。